Séraphine

Marie Desplechin

Séraphine

Médium
l'école des loisirs
11, rue de Sèvres, Paris 6^{e}

Loi n° 49.956 du 16 juillet 1949 sur les publications
destinées à la jeunesse : mars 2005
Dépôt légal : mars 2010
Imprimé en France par CPI Bussière
à Saint-Amand-Montrond
N° d'édit. : 1. N° d'impr. : 100946/1.

ISBN 978-2-211-20313-5

CHAPITRE UN

J'ai eu treize ans. Comme tous les ans, Jules Sarrault a mis sa vieille soutane, ses bottines, et il a grimpé la colline. Je travaillais à la fenêtre, ma planche sur les genoux, une pile de linge à mes pieds. Je montais les cols sur les chemises que Jeanne avait assemblées dans la nuit. En levant un peu la tête, je pouvais voir passer le monde. Ce n'est pas que le travail avançait plus vite, mais j'ai parfois besoin d'un peu de distraction.

C'est en le voyant peiner sur le chemin que je me suis souvenue que ce jour était celui de ma naissance. Je connais les saisons, ce qui n'est pas très difficile. Si on va par là, les animaux sont aussi savants que nous. Je devine le dimanche à l'oreille, au carillon des cloches. Mais en temps ordinaire, pour dire le jour, j'en suis bien incapable. Sauf quand je descends à Paris, parce que j'y regarde les journaux. Je suis contente d'apprendre alors que nous sommes le mardi 27 juin, ou le jeudi 5 novembre. J'ai l'impression de faire partie du même monde que les riches, les étrangers et tous ceux qui n'habitent pas Montmartre. Mais les jours de labeur ordinaire, je m'en fiche comme d'une guigne. Ils se ressemblent tous. Quel besoin a-t-on de connaître leur nom et leur numéro? Seul l'anniversaire se distingue, parce qu'il me fait plus grande, et que le père Sarrault ne manque jamais de venir me le rappeler.

Ce matin, le ciel était mauve. Une odeur de bois brûlé flottait sur la Butte. Je l'ai aperçu de loin. Pendant un an, je n'avais pensé à rien et voilà que le jour était arrivé de vieillir. J'ai piqué l'ouvrage sur ma planche et j'ai balancé la planche au sol. J'ai couru à la porte. Il n'a pas eu le temps de frapper, je l'avais déjà ouverte. Il soufflait, plié en deux, les mains posées sur les genoux.

– Père Sarrault !

Il s'est redressé. Son sourire a découvert ses dents écartées.

– Mon petit cœur, a-t-il dit, nous sommes le vingt du mois d'octobre. La Balance entre en Scorpion. Ça te fait treize ans aujourd'hui.

De la poche de son manteau, il a sorti une petite enveloppe de papier gris.

– Voilà pour toi.

Il m'a regardée tandis que je dépliais l'enveloppe. Ses yeux pétillaient dans sa large figure. Je savais ce qu'il attendait. Il attendait que je bondisse et que je jappe comme un chiot. Ce que j'ai fait, par délicatesse, avant même d'avoir fini de dépiauter le cadeau. Il a pris l'air attendri, et je me suis hâtée de terminer mon déballage. Une médaille. Ovale. Gravée. Magnifique. Sur une face, sainte Rita agenouillée, les yeux au ciel, l'épine de la Sainte Couronne fichée dans le front. Sur l'autre, mon nom : Séraphine. Attachée à la médaille, une chaîne à grosses mailles.

– Je l'ai prise bien solide, a-t-il remarqué. Tu peux tirer dessus. Elle ne risque pas de rompre.

De ce côté-là, c'est vrai, il n'y avait pas à s'en faire. Au pied d'un bagnard, elle pouvait tirer son boulet. J'ai tenu la chaîne devant moi. Au milieu de ses mailles géantes, la médaille avait l'air toute petite.

– Ce serait bien de me l'accrocher, ai-je dit. Je n'ai pas l'habitude.

Très délicatement, le père Sarrault a saisi le fermoir entre ses gros doigts. J'ai posé la médaille dans le creux de mon cou, et je me suis tournée pour qu'il attache la chaîne.

– Est-ce que je suis jolie ?

Visiblement, ce n'est pas la question qu'il attendait. Il a eu un regard désolé. Il est resté muet. Son silence a duré quelques secondes et c'était une éternité. Assez en tout cas pour que je me voie dans ses yeux. Trop grande, trop maigre, trop de cheveux, trop sales, de trop grands pieds, de trop vilaines godasses, une robe trop courte, un nez trop droit, une bouche trop grande, une figure trop longue. Rien de moyen chez moi, rien de doux, de rond, ni d'aimable. Rien de ce qui plaît au monde.

– Mon Dieu, a-t-il fini par dire, jolie, tu le seras toujours assez.

Il avait l'air contrarié et je savais ce qu'il pensait. Il pensait à la beauté de l'âme qui s'accorde mal avec la beauté du corps. À moins qu'on ne meure saintement, comme sainte Rita, après avoir beaucoup souffert et beaucoup dépéri, et que la mort vous rende un corps très beau, très jeune et jamais pourri. C'est bien le vice de Dieu, de vous donner tout ce qu'il faut quand vous n'en avez plus besoin.

– Moi aussi, je préfère la beauté de l'âme, ai-je remarqué pour le consoler (après tout, il était bien la seule personne au monde à se souvenir que j'étais née un jour).

Mais il a secoué la tête.

– Fifi, je suis peut-être un pauvre curé, mais je ne suis pas un imbécile. Je n'ai pas de souci pour la beauté de ton âme, car Jésus nous dit que, même avec une âme couleur de suie, les pauvres entreront dans le royaume des cieux. C'est le reste qui m'enquiquine.

– Quoi ? Je suis vilaine ?

– J'aurais préféré. C'est bon pour les filles de bourgeois d'être jolies. Une belle figure leur donne de meilleures chances de se trouver un mari. Aux filles de pauvres, il convient mieux d'être un peu laides.

– Tu ne veux pas que je me marie ?

Le père Sarrault a plissé le front et s'est tordu les mains.

– Mais avec qui, Bon Dieu ? Avec un pauvre qui n'aura rien de plus pressé que de te faire la pauvre maman d'une quantité d'enfants de pauvres ?

– Veux-tu alors que je devienne nonne comme sainte Rita et que je meure saintement dans des douleurs atroces ?

– Nonne ? Insolente comme tu es ?

Il me regardait avec colère et je le regardais avec désespoir. Pas de mari. Pas de couvent. Qui s'occuperait de moi ? À quoi bon vieillir d'un an chaque année si c'était pour devenir laide, seule et pauvre ?

– Très bien, je vais m'occuper de mourir tout de suite, comme ça, j'irai tout droit au paradis. Tu me dis qu'ils acceptent les misérables, là-haut. Les insolentes, ils les prennent aussi ?

Le pauvre homme est devenu tout pâle. Il était fatigué par la marche et voilà que je lui tombais dessus comme une furie. Il m'a fait pitié, et j'ai retourné ma figure sur l'instant : je lui ai adressé un sourire très avenant.

– Tu veux entrer un moment ?

J'avais pris une voix tendre, aussi est-il entré sans se défendre. Je lui ai proposé ma chaise.

– Repose-toi. Je reprendrai mon travail plus tard. Après tout, je me moque bien que Jeanne me tire les oreilles.

Quand il était jeune, le père Sarrault s'appelait Jules. Il me l'a dit. Je suis très contente qu'il soit devenu curé parce que ainsi je peux l'appeler père autant que je veux. Pour moi, cet homme-là est plus un père que n'importe quel Jules au monde. Sans lui, je n'aurais pas fait long feu.

Quand je suis née, j'étais presque morte. Voyant venir un vilain bébé maigre, couleur de cire et respirant à demi, les nonnes de l'hospice ont jugé qu'il ne fallait pas trop compter sur moi. J'allais vite retourner là d'où je venais. Aussi était-il prudent de me baptiser très vite, faute de quoi je resterais un nourrisson païen, condamné à se balader dans les limbes, qui sont un endroit sinistre et ennuyeux, jusqu'au Jugement dernier. Elles m'ont nommée Séraphine, pour que je devienne plus sûrement un petit ange. Les Séraphins sont des anges qui ont de grosses joues et de grosses fesses. Elles espéraient sans doute que je grossirais après ma mort. Je ne sais pas ce qu'en a dit ma mère. Sans doute rien. Ma naissance lui avait fichu un coup. On parle toujours des hommes qui meurent à la guerre, mais des femmes qui meurent en accouchant, on ne fait pas tant d'histoires. Elles feraient une belle armée pourtant, et elles mériteraient la gloire. Mais il faut croire que mourir au front est noble, tandis que mourir en couches est un peu bête. Nous voilà donc mal parties toutes les deux quand passe un curé. Entouré de trois nonnes chuchotantes, il va de lit en lit. Du gras du pouce, il trace de petites croix sur le front des femmes allongées. Il ne s'arrête pas en chemin, il a trop de lits à bénir. Mais tandis qu'il approche sa main du front de ma mère, elle la saisit. Bien fort. Et elle ne lâche plus.

– Shhchhh, Scchhhh, fait-elle.

– Quoi, mon petit?

Il se penche sur elle pour l'écouter.

– Pour l'amour de Dieu, murmure ma mère, pour l'amour de Dieu…

Là-dessus, elle pousse un très joli petit soupir.

– Et là, Fifi, j'ai vu son âme partir vers Dieu. De mes yeux, je te le jure, j'ai vu un très léger nuage blanc sortir de sa bouche et flotter au-dessus d'elle.

– Il faisait froid, père Sarrault, c'était son souffle.

– Pas du tout. C'était l'âme. Elle a nimbé son visage et puis elle s'est élevée vers le plafond. Tout le monde l'a vue, Fifi, traverser la salle et s'évanouir dans un rayon de lumière qui tombait du vitrail. Si j'avais été seul, encore… j'aurais pu douter. Mais nous étions quatre à voir le miracle s'accomplir sous nos yeux. Ou plutôt, nous étions cinq. Parce que tu étais avec nous, dans les bras de sœur Thérèse. Au moment où l'âme de ta maman a quitté son corps, tes yeux se sont ouverts tous grands. On aurait dit que tu la regardais partir.

Je n'ai pas eu le bonheur de connaître ma mère très longtemps, mais dans le court moment que nous avons eu la chance de passer ensemble, je dois reconnaître qu'elle a tenté le maximum. Attraper le curé, mobiliser les sœurs, réussir un miracle… Elle en a fait assez pour qu'après ça plus personne ne songe à me donner à l'orphelinat.

– Vous n'y pensez pas, sœur Thérèse ! a protesté le père Sarrault. Une miraculée ! Et puis vous le connaissez, l'orphelinat. Vous avez vu les nourrices, ces sauvages… Elle n'y survivra pas. Cette femme m'a confié son enfant et nous allons tout faire pour le sauver.

C'est ainsi que, pour le remercier, je me suis décidée à vivre. À peine avait-il fini de parler que je hurlais vaillamment en battant des bras. C'était ma manière de leur prouver que j'étais bien vivante. On ne se débarrasserait pas de moi aussi facilement. Comme le dit le père Sarrault, il aurait pu se douter de ce qui allait suivre. Parce que j'ai gardé la manière : m'agiter et battre des bras. C'est encore le meilleur moyen de montrer qu'on existe.

Mais il n'est pas si facile de s'occuper d'un bébé, quand on est un curé d'hospice, un curé à tout faire, même pas responsable d'une paroisse. C'est tout juste si l'Église vous donne de quoi manger correctement. Quant au vêtement, je n'en parle pas, une soutane mitée dont le noir avait viré au vert. De leur côté, les nonnes ne montraient pas beaucoup d'empressement à me prendre. L'hospice n'est pas le meilleur endroit pour élever un gosse. En somme, je prenais tous les jours un peu plus de vigueur, ce qui causait du souci à tout le monde.

– On ne pourra pas la garder indéfiniment, a prévenu sœur Thérèse. La mère supérieure finira par y trouver à redire. Il va falloir nous trouver une solution. Faute de quoi...

Le père Sarrault était inquiet. D'autant que ma mère avait rendu l'âme avant d'avoir eu le temps de s'expliquer au sujet de mon père. Que faire de ce bébé qui lui souriait maintenant en essayant d'attraper son chapelet ? Ne sachant plus à quel saint se vouer, il a fini par se tourner vers Rita, qui est l'avocate auprès de Dieu des causes désespérées. Tous les soirs, à genoux devant son oratoire, il l'a priée. Le père Sarrault n'est pas n'importe quel moulin à prières. Il a du talent et du cœur. Il a insisté, ses prières ont monté vers le ciel, et sainte Rita a fini par l'entendre.

Au bout d'une semaine de suppliques, une jolie femme vêtue d'une robe rouge extravagante s'est présentée à la sœur gardienne. Bien poliment, elle a demandé sa sœur.

– Qui ça ? a demandé la gardienne, qui n'aimait pas beaucoup l'allure de cette femme, ni sa jupe moirée, ni la poudre étalée sur son visage.

– Ma sœur ! a-t-elle crié. Céleste Mauvandier !

La gardienne a bondi de son tabouret.

– Mauvandier ! Merci, sainte Rita !

Et elle a foncé chercher sœur Thérèse.

– Au vu de ma condition, vous comprendrez, a précisé Charlotte en reniflant, que je ne peux pas la garder avec moi, malgré tout le désir que j'en ai.

Je sautais sur les genoux du père Sarrault, riant et babillant, énervée sans doute par le parfum de ma tante, inhabituel à l'hospice.

– Ma fille, a-t-il soupiré, vous n'avez encore jamais songé à changer de profession ?

– C'est que, de profession, je n'en ai pas d'autre, a reconnu Charlotte. Une fois que j'aurai payé ma dette à ma patronne, je pourrai mettre de l'argent de côté. Une fois que j'aurai mis de l'argent de côté, je pourrai m'établir. Et une fois que je serai établie, je prendrai la gamine.

– Et qu'est-ce qu'on fait, en attendant ? On la place chez les orphelins ?

– Ça, jamais ! a fait Charlotte en reniflant de plus belle. Déjà que j'ai perdu ma sœur… Vous voulez me tuer ma nièce ?

– Ce n'est pas ce que je dis, a protesté le père Sarrault, ému par les larmes de ma tante. Je dis qu'on ne peut pas la garder ici.

– Alors je vais vous trouver quelqu'un. Je lui ferai une petite rente et elle me gardera la gosse.

Le curé a hoché la tête. Il se séparait de moi à contrecœur et n'accordait pas une grande confiance à Charlotte. Il a posé ses conditions.

– Je veux connaître la personne. J'ai protégé cette enfant jusqu'ici, je ne tiens pas à ce qu'on la refile à n'importe qui.

Charlotte a cherché, Charlotte a proposé. Et c'est Jeanne qui a eu l'agrément. Ce n'est pas qu'elle était très bonne, ni tellement chrétienne. Mais elle travaillait honnêtement, elle était veuve, sans enfant, et sa petite maison était propre. Elle bougeait rarement de chez elle, elle avait trop de travail pour courir à la ville. À coudre des chemises et des pantalons toute la journée et une partie de la nuit, elle pourrait me surveiller d'un œil. Un bébé, ça ne demande pas tant d'entretien. On l'attache à sa chaise et il joue avec ses doigts. Jeanne m'a prise comme elle aurait pris un rouleau de coton, sans histoires et sans enthousiasme. Pour une couturière, la petite somme versée par Charlotte était une aubaine.

– L'avantage, s'est félicitée Charlotte, c'est qu'il n'y a pas d'homme là-dedans pour boire la rente et taper sur son monde. Sans compter que la Jeanne sait se faire obéir et qu'elle saura dresser la petite.

– C'est bien pauvre quand même, a regretté le père Sarrault, en contemplant le petit champ d'herbe jaune qui s'étendait devant la courte rangée des maisons.

– Pauvre ! Mais c'est presque la campagne ! Et puis, c'est en hauteur, on respire…

– Si vous le dites…

Et voilà comment je me suis retrouvée gamine à Montmartre, à grandir sous la tutelle de Jeanne, et sous la protection lointaine d'un curé et d'une courtisane.

Jeanne n'est pas très causante, mais quand on lui parle, elle répond. L'avantage entre nous c'est que je parlais beaucoup et qu'elle parlait peu. À deux, nous faisions un bruit raisonnable. Je crois qu'elle n'était pas fâchée que je parle autant. À qui aurait-elle causé si elle ne m'avait pas eue ? Jeanne n'aimait pas ses voisins, parce qu'ils buvaient. Ni ses voisines, parce qu'elles se plaignaient. Ni leurs enfants, parce qu'ils n'étaient pas élevés. Elle n'aimait pas non plus ses clients, parce qu'ils payaient trop peu. En somme, Jeanne n'aimait pas les pauvres, parce qu'ils étaient pauvres. Ni les riches, parce qu'ils étaient riches. J'ai eu beaucoup de chance qu'elle m'aime suffisamment. Sans doute s'était-elle habituée à moi.

Jeanne a perdu son mari quand elle était jeune. Une fois veuve, elle n'a pas cherché à en trouver un autre.

– Une femme se débrouille mieux toute seule, disait-elle parfois d'un air furieux. Les hommes, il faudrait les tenir à l'écart.

Jeanne n'avait pas d'enfant, mais elle n'avait pas l'air de s'en affliger.

– Pauvres choses, et malfaisantes avec ça, disait-elle quand elle voyait passer devant sa vitre des hordes de morveux qui couraient après les chats.

Jeanne était née à la campagne, mais elle n'avait plus de famille.

– Des bêtes sauvages, disait-elle quand je lui posais des questions. Le père a jeté la mère dans un puits.

Elle était arrivée à Montmartre dans sa jeunesse, sur une charrette conduite par un vendeur de pommes. Elle ne regrettait ni son village ni sa ferme.

– Ça ne parle même pas le français là-dedans, c'est sale et c'est méchant.

Comme elle était habile de ses mains, elle a vite trouvé à s'employer. Elle a appris à coudre les tissus fragiles, les linons, les batistes. Si on le lui demande, elle peut faire les points de broderies. Elle connaît toutes les manières d'ajourer le tissu. Elle aurait pu faire brodeuse, mais elle préférait monter les robes et bâtir les chemises. Elle avait ses raisons.

– Ça va plus vite et ça paie mieux.

« Il n'y a pas deux artistes comme vous dans Paris », lui disaient parfois ses clients. Elle doit avoir quelque chose de spécial dans les doigts. Aussi n'a-t-elle jamais manqué de travail, ce qui ne la rendait pas plus riche, mais nous évitait de travailler en fabrique.

– Plutôt l'enfer que leurs saletés d'usines, disait-elle. Écoute-moi bien, bourrique, le travail en fabrique, c'est bon pour les damnés.

Jeanne aurait aimé que je devienne aussi bonne couturière qu'elle. Elle m'obligeait à travailler jusqu'à ce que je tombe endormie sur ma planche. De cette façon, nous gagnions un peu plus et j'apprenais le métier. Ce n'est pas mal de savoir poser des cols. Mais qui en a posé dix, en a posé cent. Et qui en a posé cent, en a posé mille… Je ne voulais pas coudre toute ma vie. Mais où trouver le courage de le dire à Jeanne ? Je ne voulais pas vivre avec mon ouvrage, seule dans ma baraque, tous les jours de la semaine. Ce qui me plaît à moi, c'est de voir des gens et de leur parler. Je n'ai pas de colère contre eux, et je n'ai pas peur. C'est sûrement grâce au curé Sarrault qui parle le français de France et qui n'a pas jeté sa femme dans un puits.

Quand j'ai eu sept ans, il a voulu que j'apprenne les lettres. Jeanne n'était pas très chaude.

– Qu'est-ce qu'elle a besoin de connaître les lettres? Est-ce que je les connais, moi?

– Jeanne, a dit le père Sarrault, ce que j'en dis, c'est pour vous. Quand elle saura écrire, elle pourra vous aider à compter vos gains.

Jeanne a hésité. Elle se débrouillait très bien jusque-là. Mais la perspective de noter ses sous dans un grand cahier l'a tout d'un coup éblouie. Elle s'est vue patronne.

– Et moi, je ne pourrais pas apprendre avec la petite? Je suis trop vieille peut-être?

Il avait gagné. C'est donc assise à côté de Jeanne que j'ai appris à lire et à écrire. Elle y mettait beaucoup d'attention, mais je progressais trop vite. Elle a fini par renoncer.

– J'ai assez perdu de temps, a-t-elle constaté. L'instruction, c'est bon pour ceux qui n'ont pas besoin de travailler.

Pour mes huit ans, le père Sarrault m'a donné un petit livre, *L'Imitation de Jésus-Christ.*

– Tu sais lire maintenant. Tu n'as plus besoin de leçons. Tu t'entraîneras toute seule avec ce livre.

Quelquefois, le matin, j'en lisais des passages à Jeanne mais elle m'arrêtait assez vite.

– Des bêtises, disait-elle. Bonnes à endormir les ânes.

C'est vrai que, j'avais beau tourner les pages, je n'arrivais pas à m'intéresser. J'aurais bien aimé avoir un autre livre, une fois dans ma vie. Un livre qui me raconte une histoire. J'aurais eu plus de plaisir à m'entraîner.

– Tu veux boire ?

Affalé sur sa chaise, le père Sarrault a hoché la tête. J'ai pris un gobelet d'eau au broc. Je fais ce que je veux de cette eau, c'est moi qui vais la chercher à la fontaine. Il était là, à boire tout doucement, et les couleurs lui revenaient quand Jeanne est entrée. J'ai eu peur qu'elle crie parce que j'avais abandonné mon travail et gâché notre eau. Mais elle a fait celle qui ne remarquait rien. Elle tenait un gros pain sous le bras. Elle a sorti de sa poche un petit morceau de lard blanc qu'elle a posé sur la table. Enfin, elle s'est tournée vers moi.

– Qu'est-ce qu'il fait là ?

– C'est pour la petite. Je suis venu la fêter. Elle a treize ans aujourd'hui.

Jeanne n'a pas eu un regard pour lui. Elle a posé les poings sur les hanches et m'a toisée.

– Et alors ? On ne travaille plus quand on a treize ans ? On attend que le pain vous tombe du ciel tout droit sur la tête ? Sauf votre respect, monsieur l'abbé…

– Je ne suis pas abbé, je suis curé, a murmuré le père Sarrault.

– Sauf votre respect, l'abbé, qu'est-ce que je lui dis au client quand il passe ? Que la chemise n'est pas finie parce que la gosse a eu treize ans ?

Il a pris l'air ennuyé et il s'est levé de sa chaise. Sans un mot, je me suis assise à sa place et j'ai ramassé ma planche. Par chance, le col et les aiguilles étaient restés piqués dessus.

– Jeanne, si Séraphine vous cause du souci, je peux lui chercher une place. Elle est largement en âge de gagner son pain toute seule.

– C'est pas ce que je disais, a grommelé Jeanne. Je n'ai rien contre elle, et je n'ai rien contre vous. Mais vous savez combien la vie est dure, et comme on a vite fait de dégringoler chez les malheureux. Si on ne travaille pas, l'abbé, et si on ne travaille pas tout le temps, vous savez ce qui nous attend...

– Je sais, a-t-il soupiré.

J'avais recommencé à coudre. Il a passé la main dans mes cheveux puis il s'est dirigé vers la porte.

– À l'occasion, Fifi, passe me voir à l'hospice. Les sœurs seront contentes de te voir.

– Quand elle aura le temps de chômer, a lancé Jeanne. Et c'est pas demain la veille.

Mon père Sarrault est parti. J'ai suivi des yeux la silhouette brune qui s'éloignait sur le chemin de terre. Le sol était boueux et il glissait dans ses bottines. Je n'étais pas triste. Pourtant, malgré moi, mon cœur devenait tout mou dans ma poitrine. Il faut croire que c'était d'amour.

Soudain, je me suis souvenue de mon cadeau. Il avait glissé sous ma chemise. J'ai touché la médaille et je l'ai sentie qui me tenait bien chaud. Elle avait commencé à me protéger.

« Sainte Rita, ai-je dit sans bouger les lèvres, ce n'est pas que je n'aime pas Jeanne. Elle est rude mais elle n'est pas mauvaise. C'est que je voudrais tellement avoir une vie à moi, une vie sans misère, où je rencontrerais des gens et où j'aurais le loisir d'aller me promener de temps en temps. J'aimerais aussi avoir un livre qui raconte une histoire. Et, sans être trop jolie, ce qui serait une offense pour vous et un danger pour moi, j'aimerais ne pas être trop laide non plus. Merci. »

Je ne sais pas très bien faire les prières. Mais il faut croire que ma cause était désespérée. Parce que, même mal priée, sainte Rita m'a entendue. Le lendemain, elle m'envoyait Charlotte.

CHAPITRE DEUX

– Elle n'est pas là, la Jeanne ?

J'ai sursauté. La planche a basculé sur mes genoux. Le joli visage de Charlotte s'encadrait dans la fenêtre. Je ne l'avais pas vue arriver. Je devais travailler dur car il est difficile d'ignorer l'arrivée de Charlotte. C'est aussi qu'elle s'habille extraordinairement. Elle porte la jupe à cerceaux, par tous les temps, les gants et le chapeau.

Sur la Butte, un beau vêtement ne passe pas inaperçu. Elle n'avait pas sitôt commencé à grimper qu'une nuée de gosses courait derrière elle en piaillant. Elle les chassait à coups de claques mais ils revenaient comme des mouches. Au bruit qu'ils faisaient, les gens sortaient sur le pas de leur porte et la regardaient passer sans gentillesse. Il ne faut pas montrer trop d'élégance ici, le peuple se sent insulté. C'est regrettable. Personne n'aurait dû reprocher son allure à Charlotte. Elle y était obligée, la pauvre.

– C'est la faute à mon travail, disait-elle d'un air piteux en secouant ses jupes soyeuses. On ne peut pas avoir l'air ordinaire. Si c'était de moi, j'irais en jupon de coton. Et même, je peux bien vous le dire, si j'étais libre de le faire, j'irais en pantalon.

Quand Charlotte tenait ce genre de discours, Jeanne remontait son tablier jusqu'à son nez et pouffait de rire. Il n'y avait que Charlotte pour la faire rire, ce qui fait qu'elle lui pardonnait beaucoup.

– Les femmes en pantalon, disait Jeanne en essuyant ses yeux humides, j'aimerais vivre assez vieille pour voir ça.

– Il y en a… soupirait Charlotte.

Je savais bien qu'il en existait. Je connaissais au moins deux femmes sur la Butte qui allaient habillées en homme, portant pantalon et casquette. Elles travaillaient aux carrières. Sous leur veste de coutil, on aurait juré deux gros bonshommes. On savait qu'elles ne se déguisaient pas par goût du carnaval. Si elles prenaient aux hommes leurs vêtements, c'est pour toucher leur paie. Tant que le patron croyait qu'elles se rasaient la moustache, à elles les pleins salaires. À se demander pourquoi elles n'étaient pas plus nombreuses. C'est trop bête de voir sa paie coupée en deux parce qu'on porte la jupe.

Comme j'en faisais la remarque à Charlotte, elle a haussé les épaules :

– Tu sais ce que ça coûte, innocente, quand on se fait prendre ? Le tribunal. D'abord, c'est l'amende. Et si le juge est mal embouché, c'est la prison.

– Dommage que les juges ne soient pas des femmes, ai-je remarqué.

Charlotte m'a regardée d'un air moqueur.

– Dommage que les gendarmes ne soient pas des femmes, a-t-elle chantonné, dommage que les avocats ne soient pas des femmes, dommage que les députés ne soient pas des femmes…

– Dommage que Dieu ne soit pas une femme ! a

lancé Jeanne et là-dessus elle s'est mise à rire si fort que j'ai cru qu'elle allait s'étouffer.

– Félicitations, mon petit lapin ! a crié Charlotte quand je lui ai ouvert la porte.

– Merci bien. C'était hier.

– Hier, aujourd'hui, demain, qu'est-ce que ça change ? Douze ans, c'est douze ans !

– Sauf que cette fois j'en ai treize.

– C'est encore mieux. Viens ici que je t'embrasse !

Certaines années, Charlotte se souvient de mon anniversaire. Certaines autres, elle l'oublie. Elle n'a pas grand sens de nos réalités. Mais je ne lui en veux pas. Elle vient quand elle vient et je suis toujours contente de la voir. Elle m'a serrée dans ses bras moelleux et m'a enfoncé le visage dans son décolleté. Elle porte un corsage étranglé à la taille qui lui remonte les seins sous le menton, où ils trônent comme deux fromages blancs fouettés. Sa peau, ses cheveux, ses vêtements, tout en elle sent le muguet. Sainte Rita, quand je serai grande, je veux sentir comme elle, le muguet, le lilas, la jacinthe, n'importe quoi du moment que je sente bon.

– Lolotte, ai-je demandé quand elle m'a relâchée, est-ce que tu m'as apporté un cadeau ?

– Un cadeau, coquine ? Et pourquoi donc un cadeau ?

À sa mine réjouie, j'ai su qu'elle en gardait un, caché dans son sac en velours. Mais elle avait envie de me faire enrager un peu avant de me le donner.

– Pour me remercier d'avoir treize ans…

– Qui te dit qu'on remercie les gens de se donner la peine de vieillir ?

– Le père Sarrault. Il m'en a apporté un hier, de cadeau.

Le sourire de Charlotte s'est effacé d'un coup. Elle était jalouse du père Sarrault qui ne m'oublie jamais, lui.

– Il n'y a pas que ce vieux corbeau pour penser à toi. Moi aussi, je t'aime, ma petite Fifi. Regarde-moi ça…

Elle a ouvert son sac et elle en a sorti une écharpe blanche et si longue que j'ai cru qu'elle n'en viendrait jamais à bout. Le tissu chatoyait doucement. La lumière, en passant dessus, lui faisait des éclats de nacre et d'argent. J'en suis restée muette.

– C'est pour moi ? Tout le tissu est pour moi ?

– Qu'est-ce que tu crois ? Que je vais couper dans une belle pièce comme ça ? Jeanne t'y taillera une robe. Regarde-moi ça ! C'est si beau que tu pourrais te marier dedans…

– Le père Sarrault ne veut pas que je me marie. Il trouve que je suis trop pauvre.

Charlotte a fait la moue.

– Il n'a pas tort. Encore que le souci n'est pas tant que tu es trop pauvre. Je dirais plutôt que tu es trop maigre. Sans compter que tu es trop jeune… Enfin, si tu ne te maries pas, tu pourras toujours aller danser dedans.

– Jeanne ne voudra jamais.

– C'est moi qui t'emmènerai.

– Ce sera pire…

– Pas sûr.

Jeanne se méfiait de Charlotte comme d'une gale. Et pourtant, à sa manière, elle l'aimait beaucoup. Quand on connaît Jeanne, qui n'a pas d'indulgence, on a du mal à croire qu'elle s'était entichée d'une femme qui faisait commerce de ses amours.

Comme je l'ai déjà dit, Jeanne n'aimait pas grand monde, et les hommes moins que tout. Elle détestait tout ce qui s'adressait à eux, le maquillage, les simagrées et les fanfreluches. Autant dire que le côté «amours» lui était étranger. C'est le côté «commerce» qui lui plaisait. Que Charlotte se fasse payer sa bonne mine, ses sourires et ses caresses, choses que tant de femmes accordent sans compter, par étourderie ou par bonté, suscitait chez elle une admiration sans borne.

– On dira ce qu'on veut, elle est maligne, remarquait-elle en plissant finement les yeux.

Je ne pense pas, moi, que Charlotte était si maligne. Si elle l'avait été tant que ça, elle n'aurait pas gardé des dettes auprès de sa patronne ni auprès de ses couturières. Elle aurait eu, et depuis longtemps, l'argent et le petit magasin dont elle rêvait. Elle aurait arrêté de se plaindre, d'avoir peur de la police et des maladies. Si Charlotte avait été vraiment maligne – et pas maligne à demi –, elle se serait débrouillée pour épouser un seul homme, assez riche pour la faire vivre comme elle l'entendait. C'est ce que je pensais mais je n'en disais rien à Jeanne. Je ne voulais pas gâcher leur amitié.

Charlotte m'avait enroulée dans le beau tissu blanc et je tournais sur moi-même pour qu'elle m'admire quand Jeanne a poussé la porte.

– Bon sang! Ça recommence! Je ne peux pas tourner le dos cinq minutes sans qu'on envahisse ma maison et qu'on débauche mon apprentie…

– Ma Jeanne! a crié Charlotte en lui sautant dans les bras.

– C'est la petite qui t'amène?

– La petite et le plaisir de ta conversation.

Jeanne a fait une grimace. Elle se demande toujours si Charlotte est sincère ou si elle se paie sa figure.

– Qu'est-ce que c'est que ce chiffon qu'elle a sur le dos?

– Tâte-moi ça, tu vas voir si c'est du chiffon.

Jeanne s'est approchée et elle a saisi l'étoffe entre deux doigts. Elle a regardé Charlotte et elle a sifflé longuement.

– Tu ne vas pas me dire que c'est pour la petite? De la soie… Et frappée encore… Qu'est-ce que tu veux qu'elle en fasse? À part l'enterrer dedans, je ne vois pas l'usage…

Charlotte est partie à rire.

– C'est que tu n'as pas de bons yeux. Tu vas lui faire une jolie robe là-dedans et je l'emmènerai au bal un de ces dimanches.

– Ça, jamais! a fait Jeanne en croisant les bras.

Alors Charlotte s'est jetée à ses genoux et elle s'est agrippée au bas de son tablier.

– Je t'en supplie Jeanne, si tu ne le fais pas pour elle, fais-le pour moi…

Je ne voulais pas être en reste, alors je suis aussi tombée à genoux et j'ai gémi:

– Fais-le pour elle, Jeanne, fais-le pour elle…

Jeanne secouait la tête en secouant le devant de son tablier.

– Voulez-vous vous mettre debout, drôlesses! Mes aiguilles sont à moi. Si la petite veut sa robe, elle n'a qu'à se la coudre elle-même.

Charlotte s'est relevée. Elle a abandonné son air suppliant et elle est revenue à elle.

– C'est vrai ça, Fifi, tu n'as qu'à te la faire, la robe. Depuis le temps que tu apprends, tu devrais savoir...

C'est là, à cet instant précis, sous le patronage de ma tante et de ma gardienne, transportée sans doute par la médaille prodigieuse de sainte Rita, que j'ai trouvé la force de dire ce que je pensais. Les mots me sont venus tout naturellement. C'est aussi qu'il n'en fallait pas beaucoup. Un seul, et petit, a suffi pour renverser le cours de ma vie.

– Non, ai-je déclaré en me tenant toute droite, le menton relevé.

Et j'ai ajouté:

– Je ne ferai pas cette robe car je ne veux plus coudre.

– Quoi? a fait Jeanne, en clignant un œil à demi.

– Je ne veux plus coudre. Ça m'aurait bien plu d'aimer le métier, mais non, je ne l'aime pas. C'est malheureux mais c'est plus fort que moi.

Jeanne est devenue toute pâle. Elle a respiré bien fort, les narines pincées. Puis elle m'a regardée avec des yeux cruels et elle a tendu le bras vers Lolotte.

– Et qu'est-ce que tu veux faire, imbécile? Pauvresse? Mendiante? Traînée, comme ta tante?

Charlotte a bondi, comme si une abeille venait de lui piquer les fesses.

– Traînée ? Espèce de vieux dragon ! Je ne suis pas assez bien pour toi ? Une pauvresse, qui trime comme une bête pour trois haricots et un morceau de lard ! Tu l'as vue, ta baraque ? Un plancher qui s'effondre, des murs pourris, trois planches branlantes sous lesquelles les rats ne voudraient pas loger…

Jeanne a crié bien fort pour lui couper le sifflet.

– Je suis pauvre peut-être, mais je suis honnête !

– Et qu'est-ce que ça nous fait, que tu sois honnête ? Qu'est-ce qu'on s'y intéresse ? Qui s'occupe de regarder sous tes jupes ?

Pour une révélation, c'était très réussi. Encore quelques amabilités et elles allaient se battre, les deux femmes de ma vie (nonobstant ma mère qui n'est plus là). Tout cela parce que j'avais dit la vérité. J'ai fondu en larmes. Charlotte, qui est fragile des nerfs, n'a fait ni une ni deux. Elle a posé le bras sur mes épaules et elle s'est mise à sangloter. Devant ce tableau lamentable, Jeanne s'est brusquement refroidie. Elle nous a regardées renifler, dans les bras l'une de l'autre.

– Assez de comédie ! Charlotte, je retire ce que j'ai dit. Tu es une brave fille, c'est là qu'il réside, ton honneur. Pour toi, Fifi, tu peux ranger tes aiguilles. J'ai fini de me crever la paillasse à t'enseigner. Dès demain, tu te cherches de nouveaux patrons. Je vais me trouver une apprentie plus courageuse.

– Tu me mets dehors ?

– Je n'ai pas dit ça. Tu peux garder ta chambre et partager mon pain. Mais il faudra me payer ta pension.

Tu verras si l'argent est plus facile à gagner ailleurs qu'ici...

Jeanne parlait d'une voix calme. Elle s'était vidée de toute sa colère. Je ne dis pas qu'elle était contente, mais elle n'était plus fâchée. Nous étions si soulagées, Lolotte et moi, que nos larmes ont séché instantanément.

– Tu vois, Fifi, il suffisait de le dire, a remarqué ma tante comme si je lui avais demandé son avis. Jeanne est un génie, elle comprend tout.

– Je croyais que j'étais un dragon...

– Avec mes excuses, ma Jeanne. Je me suis emportée. Si tu es un dragon, tu es le meilleur que la terre ait porté et viens ici que je t'embrasse !

Jeanne dans son tablier noir et Charlotte dans sa robe rouge se sont donné une belle accolade. Ou je ne m'y connaissais plus, ou elles étaient en train de se réconcilier sur mon dos.

– Et pour ma robe ? ai-je murmuré.

– Ah non ! Tu ne vas pas recommencer ! a fait Charlotte. On s'est assez disputées pour aujourd'hui. Hein, Jeanne, qu'on ne se disputera plus ?

– Si tu le dis, a répondu Jeanne. Range la soie dans une boîte bien fermée, toi, si tu ne veux pas que les mites la boulottent. Tu la feras tailler quand tu seras grande. À supposer que tu aies gagné assez pour te payer la couturière.

D'un côté, c'était cuit pour la robe. D'un autre, je venais de décrocher une vie nouvelle. J'étais gagnante. Et de beaucoup.

– Vous voilà fines, toutes les deux, a remarqué Jeanne quand nous nous sommes regardées, encore étonnées d'avoir crié si fort et de nous être rabibochées si vite. Qu'est-ce qu'on va en faire, de cette dinde, maintenant qu'elle ne veut plus coudre ? C'est pas avec son poids qu'on la prendra aux carrières... Elle n'est même pas capable de porter les pierres pour construire leur saleté, là-haut !

– Dis pas de mal du Sacré-Cœur, a dit Charlotte, tu vas nous porter malheur. Elle nous fera une belle église, quand elle sera finie.

– On sera mortes, quand elle sera finie, cette horreur, a fait Jeanne.

– Pas si tous les chrétiens donnent leur petite pièce, a murmuré Charlotte.

Jeanne lui a jeté un coup d'œil effaré.

– Tu ne vas pas me dire que toi, tu as acheté des bons ?

Charlotte se doutait bien que Jeanne ne serait pas contente. Aussi, elle a remonté les épaules et fièrement redressé la tête.

– Pourquoi pas moi ? Il y a bien eu une Marie-Madeleine pour laver les pieds de Jésus. Elle avait beau être fille au début, ça ne l'a pas empêchée d'être sainte par la suite. Même les filles peuvent acheter des bons. Même les filles ont droit aux belles églises.

– Espèce de cloche, a soupiré Jeanne. T'es tellement bête qu'ils finiront par te mettre dans le carillon. Tout ce chantier, c'est juste pour enterrer une bonne fois les braves qui sont morts sur la Butte pour sauver Paris.

– Encore la Commune ! a soupiré Charlotte. Mais, Jeanne, c'est fini depuis quinze ans… La petite n'était même pas née…

D'ordinaire, Jeanne n'aimait pas qu'on la contredise. Elle voulait bien discuter, mais à condition qu'on lui laisse le dernier mot. Il existait pourtant un sujet sur lequel on pouvait lui clouer le bec : c'était la Commune de Paris. Ce n'était pas qu'elle n'eût rien à en dire. C'était que les larmes lui montaient aux yeux trop vite.

– Tous ces pauvres gens, disait-elle, fusillés comme des gueux…

Là-dessus, elle écarquillait les yeux, elle reniflait un bon coup, et la discussion tournait court. Cette fois encore, ça n'avait pas manqué. Jeanne avait détourné la tête et elle avait regardé le plafond. Quand ses yeux étaient revenus vers nous, j'avais remarqué qu'ils étaient pleins d'eau, agrandis et brillants comme des loupes.

J'évitais, moi, de lui poser des questions. J'avais bien essayé, autrefois. Mais je n'avais pas recommencé. Le soir était tombé et nous étions assises l'une à côté de l'autre, bien serrées, pour profiter de la lumière de la chandelle.

– Jeanne, avais-je demandé, quand je suis née, est-ce que la Commune était finie ?

– Certainement qu'elle était finie. Il ne t'a pas appris à compter, ton curé d'hospice ?

– Jeanne, si je suis née après, alors ce n'était pas très longtemps après.

– Non, pour sûr. Quelques mois.

– Jeanne, sais-tu si mes parents étaient de la Commune ?

Elle a piqué dans l'étoffe si violemment que l'aiguille a traversé et lui a piqué le bout du majeur.

– Qu'est-ce que tu cherches ? Tu es de la police ?

– C'est que je voudrais savoir.

– À quoi ça te servira de savoir ce qu'ils faisaient, tes parents, puisque tu n'en as plus ? Laisse les morts enterrer les morts. Et occupe-toi de tes affaires.

– Tu n'es pas morte, toi…

– Ça suffit !

Elle a jeté son ouvrage au sol et s'est levée de sa chaise. Plantée devant moi, elle me regardait de toute sa hauteur. Dans la lumière vacillante de la flamme, elle avait l'air si mécontent que j'ai cru qu'elle allait me retourner une taloche. Mais j'étais trop curieuse. J'ai attrapé mon courage à deux mains et j'ai murmuré :

– J'ai bien le droit de te demander, puisque tu y étais.

Ma remarque n'a pas eu l'effet que j'escomptais. Ni taloche, ni hurlement. Jeanne est retombée lourdement sur sa chaise et elle a regardé le sol à ses pieds.

– Celle qui y était, elle ne te dira rien. Elle vit dans le souvenir. Ce n'est pas pour une morveuse qu'elle fera revenir les fantômes.

Sa voix était triste et sa figure pire encore. Je le dis tout net : j'aurais préféré la taloche. Je me suis promis de ne plus rien lui demander. Jamais. D'un côté, les gens tristes me font peur. De l'autre, je n'ai pas envie d'attirer les fantômes. J'ai beau avoir des parents morts, je me sens très vivante. Et tant pis pour la Commune de Paris.

Tout le monde avait gâché beaucoup de son temps, et beaucoup de ses émotions, quand Charlotte s'est enfin décidée à partir. Elle a noué le ruban de son chapeau sous son menton, elle a ajusté son petit manteau, ramassé son sac en velours et elle a repris le chemin en faisant très attention à éviter la boue. Jeanne est restée un moment sur le pas de sa porte, un méchant sourire aux lèvres, à la regarder tituber entre les flaques. Quand elle s'est enfin décidée à refermer la porte par laquelle s'engouffrait le vent humide, elle a levé le nez et fait quelques grimaces qui la faisaient ressembler à un lapin.

– Drôle d'odeur, non? Je me demande comment elle se débrouille pour sentir autant... Ce n'est pas la nature, tous ces faux parfums qu'elle se colle sur la peau.

Comme elle faisait la même réflexion chaque fois que Charlotte nous rendait visite, je n'ai pas pris la peine de l'approuver. Elle a attendu un instant. Puis elle m'a regardée avec des yeux déçus. Et elle s'est vengée. Elle est retournée à la porte qu'elle venait de fermer et elle l'a ouverte en grand. Un courant d'air froid m'a saisie tout entière.

– On va laisser le vent nettoyer la pièce. Un peu d'air propre ne fera pas de mal...

– Qu'est-ce que tu vas faire, ce soir? m'a-t-elle demandé quelques instants plus tard avec une curiosité menaçante. Maintenant que tu ne travailles plus...

J'ai regardé ma planche et le travail que j'avançais si courageusement avant que Lolotte et sainte Rita ne viennent mettre le désordre dans ma vie. Je ne pouvais pas laisser ce pauvre col à moitié accroché à sa chemise, sa boutonnière hirsute, tous fils dehors. J'en avais mal au cœur. Surtout, je ne pouvais pas laisser à Jeanne le soin de finir à ma place. Elle travaillait assez comme ça.

D'aussi loin que j'aie des souvenirs, je ne me rappelle pas avoir vu Jeanne se coucher. Je suis toujours allée au lit la première. Je ne me rappelle pas non plus l'avoir vue se lever. Quand j'ouvrais les yeux, elle était déjà debout. Elle rappropriait sa maison, elle entretenait un petit feu. Parfois aussi, elle était partie en ville rendre son ouvrage ou chercher des clients. Jeanne n'était pas ma mère, Jeanne n'était pas ma tante, Jeanne n'était pas gentille tous les jours. Mais c'est cette femme-là qui me donnait à manger depuis que j'avais appris à marcher. C'est elle qui reprenait les robes et façonnait les paletots que je portais. C'est elle qui avait fait que je n'étais pas morte, quand une nourrice de campagne m'aurait envoyée au paradis en moins de trois semaines.

– Je me moque bien que tu m'aimes, me lançait-elle quand elle voyait que j'étais fâchée contre elle.

Aussi, souvent, je ne savais pas si je l'aimais. Mais l'amour n'avait pas d'importance. Je lui devais la reconnaissance des bêtes. Je n'allais pas la laisser œuvrer pendant que je bayais par la fenêtre en me tournant les pouces.

– Jeanne, tant que tu me donneras du pain, je finirai tes chemises. Ma nouvelle vie commence avec le changement de pain. Pas avant.

– C'est bien, a-t-elle constaté. Il y a un cœur honnête, sous cette cuirasse de cochon.

Ça m'a fait plaisir qu'elle me complimente. Jusqu'à ce qu'elle ajoute :

– Si tu avais chômé, franchement, je pense bien que je t'aurais flanqué une raclée.

CHAPITRE TROIS

« Sainte Rita, je veux bien finir ce tas de chemises, rapport au pain que Jeanne m'a donné ce matin et me donnera ce soir. Mais, si c'était pour me laisser tomber aussi vite, ce n'était pas la peine de m'offrir de faux espoirs. J'aimerais beaucoup que vous pensiez un peu à l'avenir que vous m'avez promis, en m'inspirant de me révolter. Je sais que vous êtes occupée ailleurs, mais par pitié, sainte Rita, faites un effort, trouvez-moi un nouveau travail. »

Je faisais très attention à faire les points petits. Il faut de bons yeux pour piquer l'aiguille au plus près. Pour cette raison, les clients apprécient les enfants. Leurs yeux sont meilleurs que ceux des vieux. Ce col, je l'avais fait bien solide. Il tiendrait jusqu'à ce qu'on termine le Sacré-Cœur. Avec un peu de chance, il tiendrait même jusqu'à ce qu'on le bombarde. Je me suis demandé qui allait le porter. Un jeune homme élégant, peut-être, qui ne penserait jamais aux mains qui avaient cousu ses beaux vêtements. Ils ont de la chance, ceux qui peuvent ignorer le travail qu'on se donne pour les habiller.

Au réveil, la chaîne de ma médaille m'avait laissé une vilaine trace verte sur la peau. Il a fallu que je sorte devant la baraque frotter mon cou avec de l'eau glacée. Jeanne s'est moquée de moi, qui suis coquette et crédule, et du père Sarrault, qui n'est pas assez riche pour me payer une chaîne en argent.

– Une chaîne en laiton ! a-t-elle ricané. Il ne lui reste pas grand-chose, à ton curé... Tous ses sous vont au Sacré-Cœur.

Elle était si méchante parfois que je lui aurais bien planté mon aiguille quelque part. « Sainte Rita, ai-je pensé, donnez-lui la gale, elle la mérite, ce chameau. » Mais je n'ai rien dit. Je l'ai laissée toute seule avec sa méchanceté. Je me suis assise à ma chaise, j'ai pris ma planche et j'ai commencé à coudre. Et dans le secret de mon cœur, j'ai continué à prier sainte Rita. « Attends un peu, Jeanne, qu'elle m'entende là-haut et tu vas voir de quel bois nous nous chauffons, nous autres, les saintes et les orphelines. »

Mais Jeanne avait le cuir dur. Elle méprisait les menaces qui pesaient sur elle. Elle a rassemblé un tas de chemises terminées, elle les a pliées et rangées dans son grand sac, et puis elle est partie pour Paris. Si elle croyait que c'est par la fuite qu'elle échapperait à la vengeance du ciel, elle se trompait.

– Ce que tu dis n'a pas tellement d'importance, m'a expliqué le père Sarrault quand je lui ai demandé comment m'y prendre pour faire mes prières. Ce qui compte, c'est de ne penser qu'à ta prière, et d'ouvrir ton cœur tout grand. Après, tu peux répéter toujours les mêmes choses, la prière est bonne.

– Même si je répète « poireaux, carottes, pommes de terre » ?

Il s'est frotté le menton.

– Ma foi, si tu le répètes avec le cœur plein d'amour, je suppose que ça peut faire l'affaire.

– Mais il vaut mieux répéter autre chose, n'est-ce pas ?

– Oui, a-t-il fait avec un sourire. Je vais t'apprendre le « Je vous salue Marie », tu n'auras qu'à te le dire en boucle. Après moi, vas-y : « Je vous salue Marie, pleine de grâce, le Seigneur est avec vous et le fruit de vos entrailles est béni… »

Aussi, quand je priais, il m'arrivait de répéter toujours la même chose jusqu'à ce que j'oublie que j'étais en train de prier. D'autres fois, je tenais de grands discours qui, j'espère, montaient tout droit vers le ciel. Ce jour-là, j'avais beaucoup à dire, j'avais des plaintes à adresser et des souhaits à formuler, j'en étais donc aux discours. Le temps passe plus vite quand on parle à sainte Rita, le travail semble plus facile. C'est l'un des avantages de la prière, il faudrait avertir toutes les petites ouvrières.

Avant de se séparer, la veille, Lolotte et Jeanne m'avaient cherché un futur métier. Elles n'y avaient pas mis beaucoup de bonne volonté, parce qu'elles n'avaient rien trouvé.

– Blanchisseuse ? avait proposé Jeanne.

– Tu veux qu'elle attrape une maladie de poitrine ? avait protesté Lolotte, horrifiée. Danseuse, plutôt…

– Cette gamine ? Plate comme une raie ? Maigre comme un hareng ? Danseuse avec les ours, alors. Si tu veux la vendre à des gitans…

– Non, s'il vous plaît, pas les gitans !

– Calme-toi, espèce de buse. Ils ne prennent pas les filles montées en graine, les gitans. Ils ont ce qui leur faut dans la roulotte. Laisse-moi réfléchir… Repasseuse !

– Trop jeune. Aucune force dans les bras. Et quitter l'aiguille pour prendre le fer, je ne vois pas bien le bénéfice…

Charlotte réfléchissait. Soudain, elle avait bondi de son tabouret.

– Domestique ! Il y a du travail pour tous les gabarits. Il faut bien des petites bonnes pour faire de petites tâches pour de petits gages.

– Tu en connais, toi, des Parisiens qui cherchent des domestiques ?

– Ça ne manque pas. Tant qu'il y aura des bourgeois, il leur faudra des bonnes. Et puis Fifi n'a qu'à demander à son curé. Un curé, même pauvre, ça connaît toujours des riches. Il fera bien ça pour elle, de lui trouver une place.

– J'espère qu'il choisira des gens honnêtes. Parce que tu sais ce qui leur arrive, aux petites bonnes, dans les maisons malhonnêtes ?

– Jeanne, tu penses toujours au mal. Elle est là, la différence entre toi et moi. Qu'est-ce que tu en dis, Fifi, de faire bonne ?

Je ne voyais pas ce que j'aurais pu en dire. Des bonnes, à Montmartre, on n'en connaissait pas.

– Faudra-t-il que je quitte la Butte ?

– Oui, bien sûr ! Quelle paysanne elle fait, celle-là ! Tu ne serais pas contente, de vivre dans une belle maison remplie de riches personnes ? On dirait que Paris te fait peur…

– J'ai bien le droit d'avoir peur. Paris est trop grand. Je préfère rester là-haut, où je connais du monde, et où Jeanne surveillera qu'on ne me fasse pas de mal.

– Compte là-dessus, avait ronchonné Jeanne.

Charlotte comptait sur ses doigts.

– Trop petite pour les carrières. Trop maigre pour le chantier. Trop fragile pour la blanchisserie. Trop faible pour le repassage. Trop plate pour la danse. Trop de la Butte pour le service. Alors ? Vendeuse ?

– Mais qu'est-ce que je vendrais ?

– C'est vrai… Rien à vendre. Pas vendeuse.

– J'ai trouvé ! avait crié Jeanne, triomphante.

– Quoi ?

– Couturière !

C'est là, faute de munitions, que la conversation s'était interrompue.

– Je vais réfléchir, avait soupiré Charlotte. Je passerai quand j'aurai une idée.

J'avais baissé la tête, j'avais presque envie de pleurer. S'il fallait attendre que Charlotte fabrique une idée, je n'étais pas sortie de mes chemises.

La grande leçon de la vie, c'est qu'il ne faut jamais se décourager. Il arrive que le soir, on se croie fini, et qu'on s'endorme la gorge serrée. Mais il arrive que le lendemain, les nuages se soient dissipés et qu'un beau petit lot d'avenir se dessine à l'horizon. Je ne dis pas que les choses se passent ainsi à tout coup. Je dis que cela arrive. Voilà pourquoi on a toujours tort de désespérer.

Ce matin-là, par exemple. Jeanne n'était pas partie depuis cinq minutes et je me morfondais en alignant des points pour je ne sais quel cou de fainéant, quand Charlotte a poussé en haletant la porte de la maison. Elle avait les joues rouges et le regard décidé.

– Pose ta planche, Fifi ! J'ai trouvé !

– Déjà ?

– Quoi, déjà ? Je suis gelée à cœur... J'attends depuis une heure que le dragon ait vidé les lieux pour t'emmener...

– Tu m'as trouvé un métier ?

– Presque. J'ai trouvé à qui demander.

– À qui ?

– À sainte Rita. Tu portes sa médaille, elle ne peut rien te refuser.

– Merci bien. Je n'ai pas besoin de toi. Je lui demande depuis des heures, et j'attends toujours qu'elle se bouge.

Charlotte a fait celle qui ne m'écoutait pas. Elle a attrapé mon paletot et elle me l'a tendu.

– C'est que tu ne demandes pas comme il faut.

– Je fais comme m'a dit le père Sarrault.

– Il n'y connaît rien. Il est gâteux. Je vais te dire, moi : on va faire comme Simone. Elle a vu sainte Rita de ses yeux, un jour qu'elle s'était allongée par terre, à regarder les nuages. Elle l'a vue dans le ciel, entre les branches d'un arbre. Comme elle ne sait pas tenir sa langue, elle s'est dépêchée d'en avertir la terre entière. Depuis, l'arbre est sacré. Toutes les filles de Paris vont accrocher de petits chiffons à ses branches. Je t'emmène en pèlerinage. On va lui causer, toutes les deux, à cet arbre. Avec un peu de chance, on verra la sainte.

Cette histoire d'arbre était à dormir debout. Mais Charlotte était si exaltée et elle semblait si contente que je n'ai pas osé la rabrouer.

– Il est planté où, ton arbre ? Parce que s'il faut traverser Paris, je te dis tout de suite que je n'aurai pas le temps...

– Il est tout près ! Réfléchis... À Montmartre, qui est une colline, on est plus près du ciel. Mets tes chaussures ! On a juste le temps d'aller, avant que Jeanne revienne et me dérouille.

Simone est la meilleure amie de Lolotte. Elles ont travaillé ensemble, elles ont eu la même patronne. Je l'ai rencontrée deux fois dans ma vie. Une fois qu'elles étaient montées toutes les deux me dire mon anniversaire. Une autre fois qu'elles se promenaient autour du chantier du Sacré-Cœur en faisant des signes de croix. C'est une jolie fille, au long visage blanc. Les deux fois, elle a sorti de son sac un bonbon qu'elle m'a donné. Elle sourit beaucoup sans qu'on en sache très bien la raison. À la seconde où elle l'a vue, Jeanne lui a trouvé l'air idiot. Ce n'est pas très grave. Sainte Rita a le cœur compatissant, je suppose qu'elle aime aussi les idiotes.

Nous voilà donc parties en pèlerinage toutes les deux, ma seule famille et moi. Lolotte trébuchait en marchant sur le bas de sa robe. J'essayais de suivre ses indications.

– Il y a une petite vigne à droite.

– Oui, mais des vignes, par ici, on en compte plusieurs.

– Des petites maisons alignées, en contrebas.

– Des maisons aussi, j'en connais pas mal.

– Fais un effort, Fifi. Un bel arbre, tout seul au bord du chemin…

Heureusement que Montmartre n'est pas si grand et que nous sommes chanceuses. J'en étais toujours à regarder autour de moi, en lui indiquant chaque arbre planté dans le décor, quand elle a levé les bras au ciel.

– Celui-là ! En face ! C'est lui !

Compte tenu de l'apparition faite à Simone, je m'attendais à un arbre énorme. Quelque chose d'un peu biblique. Pas du tout. C'était un vieux frêne, rabougri, hirsute, mal taillé. Des arbres sacrés de cette allure, j'en trouvais autant qu'on voulait. Une chose pourtant distinguait celui-là des autres : il portait, nouée aux plus basses de ses branches, toute une floraison de mouchoirs de couleur.

Charlotte m'a attrapée par le bras et m'a traînée jusqu'à lui. Arrivée devant le tronc, elle s'est agenouillée et a plongé la tête dans ses mains. Je me suis agenouillée aussi, bien obligée, et je l'ai regardée. Gonflant autour de sa taille, sa jupe formait une large corolle. Effondrée dans ses pétales, son chapeau posé au centre comme un pistil, ma tante ressemblait à une très grosse fleur épanouie. Une pivoine. Peut-être allait-on croire, de là-haut, qu'elle était un bouquet d'offrande. J'ai levé les yeux vers le ciel. Un train de nuages s'apprêtait à passer devant le soleil. Des bandes de martinets s'entraînaient à voler en groupe avant de fuir l'hiver. Mais de sainte Rita, je pouvais toujours chercher. Elle n'était pas là. Évidemment.

– Alors ? a demandé Charlotte en sortant le museau de ses gants.

– Personne.

– C'est qu'il faut prier plus fort.

Elle a joint les mains et les a dressées vers le ciel. Une demi-douzaine de gosses se sont agglutinés à trois mètres de nous. Ils nous observaient, ébahis. Dans moins de trois minutes, ils seraient cinquante badauds à ricaner. Et sur les cinquante, quarante iraient me dénoncer à Jeanne. Je ne pouvais pas attendre plus longtemps. Je me suis levée et je me suis éloignée de quelques pas. Tant pis pour Charlotte, qui restait seule à se donner en spectacle. Elle n'habitait pas ici, après tout. Elle ne prenait pas de risque. C'est du moins ce que je croyais. Jusqu'à ce qu'une grosse voix retentisse derrière nous.

– Ça alors ! Charlotte ! Qu'est-ce que tu fais ici, ma belle ?

Il n'en fallait pas plus pour ravir ma tante à sa prière. Elle a tourné la tête. Quand elle a avisé le propriétaire de la voix, son visage s'est éclairé et elle a fait mine de se lever. La voix a retenti à nouveau :

– Ne bouge pas ! Surtout pas ! Que je te regarde un peu ! Tout ce tissu rouge, sous cet arbre, et la lumière changeante qui joue là-dessus…

– On dirait une pivoine, ai-je dit, puisque c'est ce que je pensais, à l'instant précédent.

– Exactement... Une fille-pivoine, froissée par le soleil d'automne...

– Et son chapeau, au milieu, vous ne lui trouvez pas une forme de pistil ?

– Joliment vu, petite fille. Tu la connais, cette dame ?

– Je pense bien, c'est ma tante !

D'ordinaire, je n'aime pas trop les inconnus. Ils demandent trop d'efforts. Je préfère passer mon temps avec ceux que je connais, parce que ainsi je n'ai pas de questions à me poser. Je sais ce qu'ils pensent de moi, je sais ce que je pense d'eux. Les nouvelles personnes sont souvent trompeuses. On ne sait jamais si elles nous voudront du bien ou du mal. On se dépense à faire l'honnête, le plus souvent on n'est que ridicule. Mais ce monsieur-là n'était pas comme les autres. Il était normal : ni trop jeune, ni trop vieux, ni trop laid, ni trop beau, ni trop aimable, ni trop désagréable. Nous n'avions pas à nous fatiguer en présentations. J'avais l'impression de le connaître depuis toujours.

– Qu'est-ce que tu fais là ? a soufflé Charlotte qui avait écarté la troupe des curieux pour nous rejoindre.

– Et toi donc ? a répondu l'homme qui s'est mis à rire comme s'il n'avait jamais rien vu de plus drôle que ma tante à Montmartre.

– Je viens visiter ma nièce Séraphine, qui est toute ma famille. Je surveille son avenir, vois-tu. Elle n'a que moi au monde.

– Eh bien Séraphine, m'a dit gentiment le monsieur, comme je connais ta tante, je crois que tu n'as pas de souci à te faire. Il se trouve, a-t-il ajouté en se tournant vers Lolotte, que j'habite ici même, dans la rue qui monte vers la place, une petite maison qui a le grand avantage d'offrir deux pièces, dont une grande, où je peux peindre à mon aise.

– C'est que, m'a annoncé Lolotte avec importance, monsieur est peintre, de son métier. C'est d'ailleurs la raison de notre amitié : il m'a demandé la permission de faire mon portrait, ainsi que celui de Simone.

– Et tu lui as donné ?

– Certainement. Il en a bien profité. Il a fait toute une collection de peintures dont il est très content. Mais, comme il nous a peintes dans la maison où je travaille, je ne pouvais pas savoir qu'il habitait Montmartre.

J'ai pensé que Charlotte avait beaucoup d'honneur, qu'un peintre veuille faire son portrait. S'il m'avait demandé ma permission, à moi qui suis grande, maigre, plate et godiche, je la lui aurais donnée tout de suite.

– J'aimerais beaucoup voir les peintures de ma tante, ai-je dit sans trop y croire. Juste une fois. Je les regarderais et je m'en irais.

– Quand tu veux, a répondu le peintre qui avait l'air content de ma demande. Les amateurs ne sont pas si nombreux.

– Je te préviens, l'a interrompu Charlotte qui semblait moins ravie que lui, tu auras du mal à me reconnaître. Quand monsieur me peint, j'ai la figure toute ramassée. Je ressemble à un pékinois. Et pour la pauvre Simone, c'est pire. On dirait un épagneul, avec de grands yeux tristes et vides. Je ne suis pas fâchée qu'on me peigne, mais sans vouloir vexer personne, ce n'est pas comme ça que je me vois dans ma glace. Dans ma glace, je me trouve plus jolie.

– Et tu as raison, a approuvé le peintre qui n'était pas vexé pour un sou. Mais tu sais bien, Charlotte, que je ne cherche pas le joli.

– Si tu voulais faire moche, s'est résignée Charlotte, c'est très réussi. Et puis, Fifi, il faut que je te dise, monsieur a peint plusieurs images où je ne suis pas très habillée, pour ne pas dire que je suis comme Dieu m'a faite, toute nue de la tête aux pieds. Ce n'est pas par vice. C'est que je prends mon bain. Celles-là, ce n'est pas la peine de les regarder. Les femmes nues, c'est bon pour les musées. Pas pour la famille.

Nous avons quitté l'arbre. Je savais que le peintre de Lolotte s'appelait Raoul, et qu'il aimait plus que tout Paris et les voyages. Comme il n'avait pas d'argent, il était bien obligé de préférer Paris où il logeait pour pas cher et mangeait pour moins encore. Il n'avait pas de famille du tout, à la différence de Charlotte et de moi qui nous avions l'une l'autre. Sa mère était morte, ce qui nous faisait un point commun, et son père ne voulait plus le voir parce qu'il peignait des femmes au bain par désir du moche.

En suivant Raoul – Lolotte qui piétinait ses jupes nous imposait un train d'escargot –, nous sommes arrivés devant le petit cabaret d'Eugène et de Marthe. Sous prétexte qu'il ne neigeait pas encore, les deux vieux avaient laissé une table dehors, pour les amateurs d'air frais. Raoul a pris place sur un des bancs. Charlotte s'est assise à côté de lui, comme si c'était tout naturel, de s'asseoir dans la journée à la table d'un café. Je les regardais faire, sans penser à les rejoindre.

– Ne reste pas plantée comme ça ! a fait Charlotte. Tu nous donnes le tournis, à la fin ! Assieds-toi !

– Sur le banc ? Maintenant ?

– Est-elle bête, celle-là ! Sur le banc, pas sur mes genoux. Et tout de suite, pas la semaine prochaine.

Je ne peux pas désobéir à ma tante. Je me suis glissée à côté d'elle, j'ai pris mes aises. C'était bien la première fois que je faisais cliente chez Marthe et Eugène. Et en pleine journée encore ! La situation était si stupéfiante que l'envie de rire m'a prise. J'aurais bien passé une heure à rire, si je n'avais craint qu'on me prenne pour une pauvre imbécile. Je me suis contentée de sourire aux anges, ce qui ne me donnait pas le visage plus malin, j'en ai peur.

– Mais c'est la petite à Jeanne ! a claironné Eugène quand il s'est approché. Elle t'a laissée sortir, la patronne ?

– C'est moi qui la sors, a répondu Charlotte. J'en ai bien le droit, je suis sa tante.

– Et toi, Raoul ? a repris Eugène. Tu la connais, cette gamine ?

– Pas depuis longtemps. Mais je connais la tante.

Eugène secouait la tête en nous regardant tous les trois. Je suppose que nous devions faire une drôle d'équipe, ma tante habillée comme une poupée de foire, Raoul vêtu d'une veste qui avait dû être jolie autrefois, et moi, habillée comme tous les jours, c'està-dire en pauvresse. Il s'est enfin décidé à aller nous chercher quelque chose à boire et il est revenu avec un pichet de chicorée fumante.

– Par ce temps, il faut penser à se réchauffer, a-t-il dit en posant sur la table sa chicorée et quatre jattes. Sans faire le curieux, on peut savoir ce qui vous amène par ici ?

– On venait pour sainte Rita, a répondu Charlotte. C'est à cette occasion qu'on a rencontré monsieur Raoul, par défaut pour ainsi dire.

– Ah ça... a soupiré Eugène, pour que Rita se montre, il faut avoir de bonnes raisons.

– Mais j'ai de bonnes raisons ! ai-je protesté. Très bonnes, n'est-ce pas Charlotte ?

– C'est toi, la petite, qui venait demander ? Je croyais que c'était pour ta tante...

À la manière dont Eugène regardait Lolotte, il était clair qu'il la rangeait dans le même sac que toutes les filles de rien qui venaient pendre leurs mouchoirs à deux pas de chez lui.

– Vous apprendrez que la gamine cherche du travail, a fait Lolotte, l'air pincé.

– Mais elle est l'apprentie de Jeanne...

– Elle était. Elle en a assez de coudre, on la comprend, sans dire de mal de Jeanne qui a ses qualités, comme tout le monde le sait.

Eugène a hoché la tête, en hommage aux qualités de Jeanne que tout le monde connaît. Puis il s'est penché vers moi.

– Elle est d'accord, Jeanne, pour que tu quittes ?

– Elle est d'accord.

– Bien. Parce que, si c'est du travail que tu cherches, je peux t'en donner. Marthe est fatiguée de courir du matin au soir. Ça nous plairait bien de prendre une petite pour l'aider. Marthe te montrera comment laver les verres, servir les tables, brosser par terre… Je te nourris, je te loge, et tu peux garder l'argent que te laissent les clients. Je ne dis pas que c'est la fortune, mais tu n'es pas sans rien. Je mets une condition à ton embauche : je ne veux pas d'histoires avec Jeanne. Elle a ses qualités, mais elle a aussi son caractère, et elle n'aime pas qu'on lui fasse des coups tordus dans le dos.

J'ai regardé Eugène avec des yeux en roues de charrette. Mon envie de rire était si forte que j'ai eu peur qu'elle se transforme en envie de pleurer. C'en était fini de rester assise toute la journée devant la fenêtre, une planche sur les genoux. J'allais pouvoir bouger, courir et m'agiter. J'allais changer de maison, j'allais changer de visages. Et comme je connaissais Eugène et Marthe depuis que j'étais petite, vu qu'ils appartiennent à la Butte, je n'aurais même pas à avoir peur…

– Qu'est-ce que tu en penses ? a insisté Eugène.

Lolotte a répondu à ma place.

– Elle pense oui, bien sûr.

Puis elle a joint les mains et les a tendues au-dessus de sa tête.

– Merci sainte Rita, a-t-elle murmuré en fermant les yeux. Caser la gamine, ce n'était pas facile. Mais la caser à Montmartre et dans un bistro, ça dépasse nos espérances.

CHAPITRE QUATRE

Il n'est pas très difficile d'apprendre à faire. Marthe était patiente et elle expliquait bien. Et, sans vouloir me hausser du col, quand il s'agit de laver des verres ou de passer un balai, je ne suis pas plus niaise qu'une autre. Ce sont des choses qu'on fait naturellement chez soi, sauf qu'ici il fallait les faire en nombre. Il ne suffisait pas de laver deux verres, il fallait en laver trente. Il ne suffisait pas d'éplucher trois patates, il fallait en peler cinq kilos. Il ne suffisait pas de balayer une fois par jour, il fallait y revenir dix fois. Toute personne un peu laborieuse pouvait y réussir.

Nous nous levions tôt le matin. Quand j'avais passé ma figure à l'eau et noué mon tablier, nous déjeunions. Eugène coupait de larges tranches de pain qu'il ne comptait pas, à la différence de Jeanne qui comptait toujours. Marthe étalait sur la première une couche de saindoux. Je servais la chicorée et nous mangions en silence. Je vois beaucoup d'avantages à travailler dans le commerce de la nourriture, mais le plus beau est qu'on y mange trois fois par jour et toujours à sa faim. Ensuite, selon que Marthe me demandait de nettoyer, de peler ou de ranger, je faisais ce qu'elle me disait. J'y mettais tout mon cœur, je me dépêchais. Rien ne me plaisait plus que d'avoir terminé mon ouvrage plus tôt qu'elle ne s'y attendait.

– Marthe ! J'ai fini !

Elle prenait l'air étonné et content.

– Toi, disait-elle, tu vas plus vite que la musique.

Ce qui fait qu'Eugène m'a surnommée « la Musique », ce que je trouvais à la fois bête et joli.

Marthe m'a donné une vieille robe à elle pour que j'y coupe un tablier pour moi. Je l'ai taillé assez large pour me laisser la place d'y grossir. À force de manger du pain et de la soupe aux patates, j'ai pensé que je ressemblerais bientôt à une bonbonne. J'ai froncé la taille comme j'ai pu, et ourlé le bas, ce qui donnait du tour au tablier et me faisait une allure soignée. Quand elle a vu que j'avais de l'habileté, Marthe m'a apporté toute une pile de linge à reprendre.

– Tu iras à ta guise, a-t-elle dit. Ce n'est pas pour demain.

Aussi, quand j'en avais le temps, je posais des boutons, j'élargissais des coutures. Ce qui m'ennuyait tant chez Jeanne me plaisait dès lors que je choisissais de le faire. Apprendre est ennuyeux, mais savoir est délicieux.

La couture m'a aidée à me faire apprécier. Mais ce qui a plu vraiment, et par-dessus tout, est que je sache lire. Un jour que je parcourais des yeux le journal qu'Eugène avait apporté de Paris, il m'a contemplée avec stupéfaction.

– Tu sais lire ?

– Le père Sarrault m'a appris.

– Lis donc à voix haute ce que tu vois sous tes yeux…

– « Crime sanglant à la Chambre : la femme du député tire sur sa maîtresse... »

– Marthe ! La gamine sait lire !

De ce jour, dans les moments de creux, chacun leur tour, Marthe et Eugène m'ont demandé de leur lire le journal. Ce n'était pas si mal, car si la distraction était pour eux, je la partageais. Sans compter que je m'instruisais sur le monde. Je ne savais pas qu'il était si terrible, si plein d'accidents, de meurtres au revolver et d'attaques à la bombe. J'étais bien ignorante.

– Ce n'est pas qu'on n'a pas appris, a remarqué Eugène. Lire, si je veux, je peux le faire. C'est qu'il est plus agréable qu'on vous fasse la lecture. On prend tout le plaisir, sans en souffrir aucun effort.

La seule tâche qu'on ne me demandait pas était de servir aux tables. Eugène préférait servir seul, et quand il ne suffisait pas à la tâche, Marthe lui venait en aide.

– J'aime autant que La Musique reste derrière le zinc, disait Eugène. Elle est utile à la vaisselle et là, au moins, elle ne cause pas d'ennuis.

Au début, j'ai pensé qu'il craignait que je serve mal ou que j'oublie des clients. J'ai vite compris, aux plaisanteries que l'on me criait de la salle, que c'est ma jeunesse qui risquait d'attirer des ennuis. Et le fait que je sois fille. Les clients ne sont pas méchants. Mais tout ce qui porte une jupe sur les jambes et moins de vingt ans sur la figure les pousse à l'agitation. Il aurait fallu que je sois laide comme une chauve-souris pour qu'ils renoncent à me crier des balivernes et à vouloir me saisir la main.

– La Musique fera la salle quand elle aura de la bouteille, promettait Eugène de temps à autre.

Ce qui signifiait qu'il attendait que j'aie grossi et que je sois assez forte pour retourner une taloche au premier qui me tirerait sur le tablier.

Il a fallu me trouver un endroit pour loger. Les maisons ne sont pas comme des tricots. On ne les agrandit pas en tirant dessus. Le soir de mon arrivée, Eugène m'a donc installé un lit dans la réserve qui s'ouvrait derrière le comptoir. Je l'ai aidé à pousser ses balais et à rouler ses tonneaux et il m'a dégagé une place pour que je puisse y dormir. Il a posé au sol un matelas de paille et m'a donné une grosse couverture qu'il a descendue de l'armoire de sa chambre.

Marthe et Eugène dormaient au-dessus de la salle. Ils possédaient une armoire et un lit aux montants de chêne qui venait de la famille de Marthe, et dans lequel elle était née.

– Si tu restes, m'a-t-il promis, je construirai un appentis sur ma cour, et je t'y ferai une chambre.

Je l'ai beaucoup remercié, car je croyais que je resterais. Mais les jours ont passé et je n'ai pas quitté la réserve. C'est sans doute que je ne suis pas restée suffisamment.

L'espace n'était pas grand, mais j'en prenais soin. Jour après jour, j'ai procédé à de petits aménagements. Avec les chutes de tissu récupérées sur mes travaux de couture, j'ai assemblé une courtepointe que j'ai accrochée au mur au-dessus de mon lit. J'ai construit un tabouret en planches sur lequel je rangeais, la nuit, ma médaille de sainte Rita, ma chaîne en laiton et le bougeoir en verre que Marthe m'avait donné. Au bout de mon matelas, j'ai installé le petit coffre que j'avais emporté de chez Jeanne et qui comprenait tout mon bien. Dedans, mon drap de soie blanche attendait que je sois assez grande et assez fortunée pour y faire tailler la robe qui m'emmènerait au bal.

Le jour de mon embauche, j'ai demandé à Marthe de m'accompagner chez Jeanne pour lui expliquer ma nouvelle position. Ce n'est pas qu'elle me faisait peur, mais quand il s'agissait de parler sérieusement, j'aimais mieux être deux. Alors que nous approchions de la maison, mon cœur s'est mis à battre si fort que j'ai craint qu'il ne me sorte par la bouche.

– Ça ne va pas? m'a demandé Marthe, qu'inquiétait mon silence.

Et comme je ne répondais pas:

– Tu préfères rester chez Jeanne? Si tu ne veux plus travailler chez nous, il est encore temps de changer d'avis.

– Ce n'est pas cela. C'est que je crains ses colères.

Marthe m'a pris la main, ce qui m'a causé une curieuse impression car je n'étais plus une petite fille.

– Jeanne s'emporte vite. Mais elle s'apaise aussi vite. Crois-moi, tu n'as pas de souci à te faire. Car quand elle me verra, c'est à moi qu'elle s'en prendra.

Nous n'étions pas fières, ni l'une ni l'autre, quand nous sommes arrivées devant la maison. En regardant la façade abîmée par la pluie, sa fenêtre de guingois, son rideau entrouvert, j'ai senti ma gorge se serrer. Cette maison avait été la mienne. Quand je la regardais, autrefois, ce n'était pas elle que je regardais, c'était ma vie. Désormais, elle n'était plus qu'une maison comme les autres, où se déroulait une existence qui m'était étrangère. C'est comme si je la voyais pour la première fois : une pauvre baraque, mal bâtie, étroite et sombre. Certainement, j'étais contente d'en être partie. Mais aussi, quelle mauvaise fille j'étais de l'abandonner… J'avais le cœur rempli de honte. Les traîtres qui vendent leur pays aux Prussiens doivent avoir de semblables remords. J'étais bien pareille à eux, tout juste capable de renier la patrie de mon enfance. C'est la larme à l'œil que, traînée par Marthe, je suis entrée chez Jeanne. Elle était assise, penchée sur son ouvrage. Elle n'a pas daigné quitter sa chaise, ni même lever les yeux.

– J'ai préparé ton sac, m'a-t-elle lancé. Tu peux le prendre et filer.

– Jeanne, a fait Marthe comme si de rien n'était, Eugène et moi te proposons de prendre la petite. Elle travaillera avec nous. Elle logera dans la réserve. Mais il nous faut ton accord, faute de quoi elle restera chez toi.

– Puisque je te dis que son sac est prêt… Qu'elle parte. C'est moi qui n'en veux plus.

– Jeanne, tu voulais bien, hier, que je m'en aille…

– Fiche le camp, je te dis.

Elle ne se décidait pas à me regarder. D'habitude, Jeanne n'a pas peur de croiser le regard de ses ennemis. C'est même l'une de ses stratégies préférées, de dévisager l'adversaire, un sourire cruel aux lèvres. Rien de semblable, cette fois. Elle gardait les yeux fixés sur son ouvrage.

– Jeanne, je reviendrai te voir, sauf si tu me chasses pour toujours. Sans être ton apprentie, je peux rester ta petite Fifi.

– Va, espèce de chameau, a-t-elle murmuré. Je n'ai pas besoin que tu reviennes. J'ai l'habitude qu'on disparaisse.

Elle a levé la tête et s'est tournée vers nous. Elle avait les yeux très larges et pleins d'eau. J'aurais mille fois préféré qu'elle attrape son balai et qu'elle me flanque une raclée. Mais non, elle avait son regard de la Commune, et c'était pire que tout. Je n'étais pas très loin de fondre en larmes quand elle s'est reprise. Elle a redressé les épaules, ses yeux se sont asséchés et durcis.

– C'est un métier, ça, de servir chez les autres? a-t-elle lancé d'une voix furieuse.

– Elle apprendra beaucoup, a répondu Marthe. Elle gagnera un peu. Et elle ne sera pas maltraitée.

– J'espère bien, a fait Jeanne avec une mimique féroce. Parce qu'on me l'a confiée, cette gamine. Et je ne l'ai pas nourrie jusque-là pour la laisser dans les sales pattes de n'importe quels négriers...

Marthe a sursauté. Elle s'attendait aux reproches, pas aux insultes.

– Jeanne, je te connais depuis toujours et c'est pour cette raison que je te pardonne. Mais tu devrais faire attention à ne pas blesser les gens.

– Je ne blesse personne, je te préviens.

– Prends ton sac, Fifi, a dit Marthe. On s'en va.

J'ai attrapé le baluchon que Jeanne avait déposé près de la porte. Puis je suis allée vers elle et, avant qu'elle ait eu le temps de se défendre, je lui ai collé un baiser sur la joue. Un gros baiser, plein et sonore, que l'on a pu entendre claquer jusqu'à Paris.

– Veux-tu te tenir, saleté! a crié Jeanne en me repoussant du bras.

Mais il était trop tard. Le baiser était donné et bien donné. Je suis partie sans me retourner, légère comme un ballon auquel on vient de couper sa ficelle.

– Négrier... Ça alors! s'est réjoui Eugène quand Marthe lui a rapporté le récit de notre visite.

– J'aurais voulu t'y voir, a ronchonné Marthe. Si tu crois que c'est plaisant de se laisser traiter de tous les noms...

Eugène a juré qu'il ne se fâcherait jamais contre Jeanne parce qu'il avait de l'estime pour les vieux combattants. C'est pour cette raison qu'il évitait de la voir, car ainsi il ne lui offrait aucune occasion de l'attaquer.

Dans les premiers jours de mon apprentissage, j'ai pensé qu'en dépit de mon baiser sonore, je ne verrais plus beaucoup Jeanne qui avait tant fait pour moi. Je n'aurais pas le temps d'aller frapper à sa porte tous les quatre matins, sans compter qu'elle était capable de ne pas m'ouvrir. Et je n'imaginais pas une seconde qu'elle se déplacerait jusqu'à moi. Aussi j'ai été bien surprise le jour où nous l'avons vue arriver, flanquée d'une femme qui n'était pas de la Butte.

Cette femme avait une allure extraordinaire, moins par la manière dont elle était vêtue (elle portait une sorte de cape qui la recouvrait tout entière), que par le chignon tremblant qu'elle portait sur la tête et qui semblait toujours devoir s'effondrer.

– Fifi ! a crié Jeanne devant la porte, de la même voix autoritaire qu'elle avait quand je vivais chez elle.

– Jeanne ! a répondu Eugène en s'avançant sur le seuil. Quel plaisir ! On ne te voit pas si souvent !

– C'est qu'il y a des gens qui travaillent, a rétorqué Jeanne. Ils n'ont pas de temps à perdre à courir le voisinage. Je cherchais Fifi...

– Elle travaille. Mais si tu as quelque chose à lui demander, je peux la distraire. Elle n'est pas en prison.

Sitôt que j'avais entendu la voix de Jeanne, j'avais délaissé mes patates. Je m'étais glissée derrière Eugène. À demi cachée derrière lui, j'observais les deux commères.

– C'est elle, a fait Jeanne à sa comparse en me montrant du doigt comme si j'étais la poule qu'on va saigner pour le bouillon.

– Parfait, a apprécié la femme au chignon.

Puis elle a demandé :

– Elle s'appelle comment, cette jeune fille ?

– Fifi, a répondu Jeanne. Bonjour Fifi. Toujours contente de t'esquinter pour le compte de tes propriétaires ?

– Oui, ai-je fait tandis qu'Eugène disparaissait prudemment dans son café. Mais je ne m'esquinte pas. Je m'intéresse.

– Eh bien, tant pis pour toi. Je t'ai amené madame Sponze, qui fabrique des robes pour les beaux quartiers.

Tout de suite, j'ai pensé à mon coupon de soie blanche et un tremblement d'excitation m'a traversé le dos.

– Pour moi ?

Jeanne a haussé les épaules.

– Mais non, bécasse ! Qui penserait à te faire faire une robe ? Pour ce que ça te servirait… Madame Sponze me demande les finitions d'une robe d'organdi. Comme elle n'est pas très sûre des boutonnières, je lui ai proposé de la passer sur toi. D'après ce qu'elle me dit, la cliente n'est pas plus haute, et elle est aussi osseuse. Tu serviras de modèle.

– Je veux bien, ai-je fait. Si Eugène est d'accord.

– Bien sûr qu'il sera d'accord. Arrête de faire des simagrées.

Les deux femmes sont entrées dans la grande salle. Jeanne s'est bouché le nez pour bien montrer qu'elle n'appréciait ni l'odeur du tabac, ni celle de la bière, ni celle de l'absinthe. Je les ai emmenées dans ma réserve. Jeanne a jeté un coup d'œil à ma courtepointe et j'ai bien vu qu'elle cherchait une méchanceté à me dire. Mais elle a dû se souvenir que, tant que j'étais chez elle, je dormais contre le mur, à côté de la table et que je roulais ma paillasse tous les matins. Aussi, elle est restée muette tandis que j'ôtais mon tablier et que Mme Sponze me passait sa robe. Le tissu en était si doux qu'on aurait dit qu'un souffle d'air me glissait sur le corps. J'ai pensé qu'il risquait de s'abîmer à frotter contre ma peau qui était solide et rude.

– Très bien, très bien, disait Mme Sponze en arrangeant la robe autour de moi.

Quelques mèches sortaient de son chignon. Peut-être qu'en tirant dessus, on arriverait à détricoter tout l'édifice. Elle a sorti une craie grasse de sa poche et elle a marqué sur l'étoffe l'emplacement des boutonnières. J'aurais aimé garder la robe encore quelques minutes. J'aurais aimé que Marthe, Eugène, et pourquoi pas Charlotte ou Raoul, puissent m'admirer. Ils auraient eu une bonne opinion de moi, à me voir joliment habillée.

– La robe lui va bien, a apprécié Mme Sponze en écartant délicatement de moi le tissu encore piqué d'épingles.

– C'est aussi qu'elle n'est pas si laide, a reconnu Jeanne qui me regardait fixement depuis un moment.

– Elle peut en remercier le Bon Dieu, a fait Mme Sponze en faisant glisser la robe par-dessus mes épaules.

– Oh non... a murmuré Jeanne. Il n'y est pour rien, celui-là. Elle doit tout à ses parents. Son sale caractère comme sa jolie figure.

Par bonheur, j'avais le visage couvert par le tissu de la robe. Sans lui, Jeanne aurait pu voir les yeux me sortir de la tête. Elle les avait donc connus, tous les deux! Et d'assez près pour en garder le souvenir vivant... J'aurais voulu lui sauter dessus, et la frapper jusqu'à ce qu'elle me dise enfin ce qu'elle savait d'eux. Mais je me suis tue. Je ne voulais pas la brusquer. Je la connaissais assez pour savoir qu'on n'obtenait rien d'elle par les cris ni par la violence. Mieux valait attendre. Profiter de l'un de ses rares moments d'abandon.

– Te voilà bien rouge, a constaté Mme Sponze en dégageant ma tête des plis du tissu.

– C'est qu'on étouffe, là-dedans...

– Remets ton tablier, a fait Jeanne avec une soudaine gentillesse. Tu vas prendre froid.

Jeanne et sa Sponze sont parties comme elles étaient arrivées, sans politesses exagérées. J'ai repris mes patates et mon couteau. L'énervement m'avait si bien gagnée, de ce que je venais d'apprendre, que mes mains tremblaient. Elles tremblaient tellement que la lame a glissé et qu'elle m'a entamé le bout du doigt. J'ai poussé un cri et levé ma main pour que le sang ne goutte pas sur les patates, ce qui les aurait gâchées.

– Les bons ouvriers font attention à leurs outils, m'a dit Eugène en emballant mon doigt bien serré dans le papier qui lui sert à rouler son tabac. Si tu tiens à garder tes mains, il faut prendre garde à ce que tu fais.

– Eugène, ai-je demandé d'une petite voix, sais-tu si j'ai eu des parents ?

Eugène a appuyé le papier sur mon doigt. Il avait recollé la plaie, le sang avait cessé de couler.

– Qu'est-ce que tu me chantes ? Tu en connais, toi, des enfants sans parents ? Même les vieux, ils ont eu des parents. Même moi…

– Eugène, ce n'est pas ce que je veux dire…

Je devais avoir l'air si misérable, ou si sot, qu'il s'est adouci. Il a posé sa paume sur ma main pansée.

– Personne ne t'a rien dit ?

– Personne.

Il m'a regardée dans les yeux, comme s'il n'était pas bien certain de ma bonne foi.

– Même Jeanne ne t'a rien dit ?

– Jeanne ne veut pas me parler. Elle ne veut pas faire revenir les fantômes.

Eugène s'est levé.

– Si Jeanne ne t'a rien dit…

Il s'est dirigé vers le comptoir.

– Eugène! Même si tu ne me dis rien, toi non plus, je veux savoir une chose, une seule…

Il gardait le dos voûté. De dos, il avait l'air très vieux.

– Est-ce que mes parents étaient de la Commune?

Enfin, il s'est retourné vers moi.

– Et même s'ils en étaient, qu'est-ce que ça changerait? Ça ne les ferait pas revenir…

– Ils sont morts, tous ceux de la Commune?

– Ceux qui ne sont pas morts sont partis pour Cayenne, qui est aussi triste que la tombe et aussi loin que l'enfer. Ne te pose pas de questions, la Musique. Le passé est passé, c'est triste mais c'est comme ça. Travaille et fais ta vie.

J'ai repris mon couteau. Avec le doigt bandé, je pelais moins vite. Mais c'était aussi bien. J'avais le temps de réfléchir.

«Sainte Rita, ai-je murmuré, vous qui avez contact avec l'éternité, vous qui connaissez l'avenir comme le passé, aidez-moi à me faire une petite idée de mes parents qui sont perdus dans le temps et que personne ne veut m'aider à retrouver.» Comme j'avais commencé ma prière, je me suis souvenue du père Sarrault. Il ne savait pas encore que j'avais changé de patrons. Il aimerait sûrement apprendre que sainte Rita et sa médaille m'avaient beaucoup profité. Je me suis promis de demander quelques heures à Marthe et Eugène pour descendre à Paris le visiter. «Sainte Rita, ai-je dit, je veux aussi aller voir le père Sarrault. Si vous pouviez aider mes patrons à me donner une matinée de congé, ce serait bon pour vous, pour lui, et pour moi qui suis votre obligée. »

CHAPITRE CINQ

Le froid est arrivé en une nuit. La veille, c'était encore l'automne. Il pleuvait mais on n'en mourait pas. Le lendemain, c'était l'hiver. Un vent de glace avait soufflé toute la nuit. Au matin, le sol avait pris une couleur grise et crissait sous les pas. Marthe m'a donné une veste de laine, un peu grande pour ma taille. J'ai retourné le bas des manches pour qu'elles n'embarrassent pas mes gestes, et je suis descendue dans la cave avec Eugène pour compter sa provision de bois et de charbon.

– Rappelle-moi de passer commande à Tellier, m'a-t-il dit. Avec ce qui nous reste, on n'ira pas jusqu'à Noël.

Nous avons remonté quelques caisses que j'ai rangées derrière le poêle. J'avais les mains noires et le dessous des ongles pire encore.

– Tu devrais laver par terre, a remarqué Marthe. Ça te décrassera.

Je n'étais pas contre un bon gros travail. Il me réchaufferait. Nous étions encore tôt dans la saison. Je n'étais pas endurcie au froid.

On finit par s'habituer à n'avoir jamais chaud. On se fait aux petites températures du matin, aux morsures du vent, au froid qui grandit quand on a faim.

Mais il faut pour cela un peu d'entraînement. C'est pourquoi, dans l'hiver, les débuts sont les pires. J'ai été chercher de l'eau pour remplir mes deux seaux, j'ai pris le balai et je me suis mise à l'ouvrage. J'ai si bien fait qu'au bout de quelques minutes, il a fallu que j'ôte ma veste. Je n'en pouvais plus de toute la chaleur qu'elle gardait sur moi. Marthe a hoché la tête avec satisfaction.

– C'est une bonne veste, a-t-elle dit. Elle protège bien et elle ne s'use pas. Elle m'a bien profité dix ans.

Elle a dit « dix ans » et elle m'a chamboulée. Alors que je ne pensais qu'à mon carrelage, voilà que les questions me sont revenues. Il y a dix ans, alors que Marthe inaugurait sa veste, ma mère avait rendu l'âme depuis trois ans. J'avais le même âge que sa mort et je vivais chez Jeanne en orpheline. On ne me connaissait pas de parents. J'aurais pu tomber du ciel aussi bien. Dix ans avaient passé, et rien n'avait changé : la veste de laine tenait le coup, j'étais toujours orpheline et je n'en savais pas plus sur moi que dix ans plus tôt.

– Tu veux m'user mon carrelage ? a fait Marthe. Tu frottes toujours au même endroit... Va donc chercher la crasse dans les coins, et ramène l'eau sur le seuil.

À réfléchir, je ne pensais plus à ce que j'étais en train de faire. C'était tout le problème avec mes parents. Chaque fois qu'ils me venaient à l'esprit, eux et leur absence, ils l'occupaient tout entier et je n'étais plus bonne à rien. J'ai chassé les questions inutiles et j'ai ouvert toute grande la porte pour balancer l'eau sur la rue.

C'est là que je l'ai vu. Un gosse accroupi contre le mur, les bras serrés contre lui. Quand j'ai ouvert la porte, il s'est levé et il a fait mine de s'enfuir. Je me suis trouvée vexée de faire peur. J'avais certainement les joues rouges et les cheveux en bataille, mais avais-je l'air d'un diable pour effrayer les petits enfants ?

– Hé toi ! Viens ici !

Il s'est immobilisé et m'a observée. Dans son visage blanc, on ne voyait que les yeux. Ce n'est pas qu'il était laid. Mais il ressemblait à un chat malade, une bête souffreteuse et qui n'a jamais vu la brosse.

– Crois-tu que je mange les enfants ?

J'aurais mieux fait de me taire. J'ai lu dans ses yeux que ma question lui tenait lieu de réponse. Il a détalé sans demander son reste.

– Qu'est-ce qui se passe ? a demandé Marthe qui écoute toujours d'une oreille ce qui se passe sur la rue.

– Rien. Un gamin qui se collait au mur.

– Dis-lui de filer, et vite ! Les gosses, ça fait fuir la clientèle. Ils sont pires que les rats.

Marthe n'a pas le cœur méchant, mais elle dit qu'elle n'est pas la mère de tous les petits miséreux de la Butte. Dans un sens, on la comprend, parce que, des petits miséreux, il y en a beaucoup. Dans un autre sens, de toute la matinée, je n'ai pas pu m'ôter l'enfant de l'esprit. Ce n'était pas plus mal, j'avais oublié mes parents.

– Des gosses, a fait Marthe, on en voit tout l'hiver qui traînent pour quémander. Il arrive que les clients leur donnent un sou. Après, on ne peut plus s'en débarrasser. Quand ils approchent trop près, Eugène les chasse. Mais tu penses bien qu'ils reviennent… Ils sont comme des rats. Ils n'ont pas peur et ils ont faim.

– Mais celui-là que j'ai vu, il était tout petit.

– Et alors ? Les petits ne sont pas les plus bêtes. Et ils ont de l'appétit comme les grands.

– Marthe, crois-tu que je peux lui donner un peu de pain, si je le prends sur ma portion ?

Marthe a haussé les épaules.

– On travaille mal le ventre vide et je préfère que tu manges à ta faim. Mais je ne suis pas derrière ton dos pour surveiller ce que tu fais de ta dernière tartine.

– Merci, ai-je murmuré.

– Merci de rien du tout. Écoute-moi bien : si jamais tu fais cette bêtise, ne t'avise pas de le laisser savoir à Eugène. Il le prendra mal et il n'aura pas tort. C'est aux curés de nourrir les crève-la-faim. Pas aux travailleurs honnêtes qui se tuent à la tâche. Au boulot, maintenant. C'est pas tout de le donner, ton pain. Il faut le gagner, aussi.

Tant que j'avais habité chez Jeanne, je m'étais désolée de ne pas voir la vie du dehors. Elle se limitait pour moi aux rares visites de Charlotte et du père Sarrault. Il m'était arrivé de descendre jusqu'à Paris, mais mes sorties ordinaires ne poussaient pas beaucoup plus loin que le robinet de la fontaine où j'allais chercher l'eau. En somme, j'étais protégée du monde.

Chez Marthe et Eugène, j'avais été satisfaite de vivre dans le mouvement de la clientèle, et étonnée de la diversité des gens. J'étais bien naïve, car je n'avais pas prévu que le monde du dehors puisse abriter tant de désolation. À force de me tenir à l'abri, je n'avais pas eu connaissance des petits rats de l'hiver. Je savais qu'il existait des enfants malheureux. Mais le savoir, ce n'était pas du tout pareil que de le voir.

Je me suis mise à surveiller leurs mouvements aux carreaux des fenêtres. On ne les voyait pas tout le temps. Certains avaient leurs jours, d'autres avaient leurs heures. Ils allaient d'un endroit à l'autre. Les cabarets sont nombreux sur la Butte, et il s'en ouvre tous les jours. Les plus beaux attirent une belle clientèle, farcie de gens riches qui montent de Paris pour voir les filles danser. Les plus modestes, comme celui de Marthe et d'Eugène, accueillent les travailleurs du chantier et les habitants de Montmartre. Il arrive qu'y passent des Parisiens, mais ceux-là se sont trompés d'adresse et ne restent jamais longtemps. C'est toujours un amusement de les voir parce qu'ils s'habillent souvent étrangement. Ils viennent s'amuser à Montmartre comme on va au carnaval. Ils contrefont les pauvres. Les femmes portent des foulards qu'elles empruntent à leurs bonnes et les hommes des casquettes qui viennent de leur chauffeur. Ils croient ainsi qu'ils ne seront pas découverts. Le plus drôle c'est qu'ils ne trompent qu'eux-mêmes. Ils ne sont pas sitôt entrés que toute l'assemblée se tait et les observe. Ce qui les fait décamper aussi vite, au désespoir d'Eugène qui aimerait bien que son établissement plaise aux riches comme il convient aux autres. Le soir venu, ce sont eux que cherchent les petits mendiants, ces gros Parisiens qui ont les poches remplies de sous.

Je guettais, je guettais, mais il m'a fallu plusieurs jours avant de voir revenir le plus petit, celui que j'avais si fort effrayé et qui ressemblait à un chaton pelé. Et puis un matin, il était là, appuyé au même mur où je l'avais vu la première fois. J'ai vite compris ce qui l'amenait. Il se réchauffait. De l'autre côté du mur ronronnait le poêle. Le tuyau longeait la pierre et la chauffe. Et quand il faisait bien froid dehors, si l'on posait les mains dessus, elle semblait tiède.

Je suis allée dans la réserve. J'ai tiré de mon coffre le torchon dans lequel j'avais emballé deux tranches de pain. Quand je suis sortie sur le seuil, il m'a regardée avec ses yeux trop grands pour sa figure. Il n'était pas bien sûr que j'allais le chasser. Il hésitait et bien lui en a pris. J'ai tendu le torchon devant moi. Il s'est avancé. Que le Bon Dieu me pardonne, mais il était comme un oiseau sautillant vers la main qui lance le grain.

J'ai ouvert le torchon, il a pris le pain et il a décampé. Je me suis dit qu'une prochaine fois (car il y aurait des prochaines fois, Marthe m'en avait suffisamment menacée) je lui demanderais son nom. En attendant, puisqu'il me fallait lui en donner un afin de penser à lui, je l'ai baptisé Mistigri. Ce nom m'est venu, je crois, parce qu'il ressemblait à un chat.

Le soir, je me suis couchée en pensant à Mistigri. Je me suis demandé s'il avait des parents, et pourquoi ceux-ci ne s'occupaient pas de le nourrir. J'ai prié sainte Rita pour qu'il n'ait pas froid dans la nuit. C'était la première fois que je la sollicitais pour un autre que moi. « Sainte Rita, ai-je dit, j'espère que vous ne serez pas contrariée que je demande une aide pour un inconnu qui n'est peut-être pas chrétien. Qui sait même s'il est baptisé ? Mais il y a longtemps que je n'ai rien demandé pour moi-même. Je cède donc le bénéfice de ma prière à Mistigri. Il est tellement petit qu'il ne fera pas une charge très lourde pour une grande sainte comme vous. Vous n'en sentirez pas le poids et vous ferez le bien sans vous en rendre compte. »

Dans toute cette histoire, c'est Mistigri, par l'intermédiaire de sainte Rita, qui m'a ramenée au père Sarrault. La vie est comme la pensée, une chose en entraîne une autre, et au bout du compte, sans qu'on y ait seulement pris garde, on s'aperçoit que tout est lié. En priant sainte Rita, j'avais touché ma médaille. En touchant ma médaille, je m'étais souvenue du père Sarrault. À son souvenir, le remords m'avait prise de le laisser sans nouvelles, en dépit de mes résolutions.

– Eugène, ai-je dit le lendemain devant la chicorée, me donneras-tu un petit congé ?

– Quoi ? a fait Eugène d'un ton indigné. Qui a jamais parlé de congé chez moi ? Qu'est-ce que tu ferais d'un congé, graine d'anarchiste ?

– Pourquoi tu la traites d'anarchiste ? a protesté Marthe. Elle n'a rien fait de mal. Elle demande.

– J'entends bien, a fait Eugène. Mais tu remarqueras que c'est pour un congé qu'elle demande...

– Forcément, ai-je remarqué. Je serais bête de demander pour du travail.

– Et pourquoi donc ? Ce n'est pas intéressant, le travail ?

– Si... Mais j'aurais besoin de quelques heures pour

descendre à l'hospice. Il faut que j'annonce aux sœurs et au père que je n'habite plus chez Jeanne et que je suis employée chez vous.

Eugène a froncé le sourcil.

– C'est bien vrai, ce mensonge ? C'est pour des bondieuseries que tu veux du congé ? Ce n'est pas pour traîner dans la ville ?

Marthe a secoué la tête d'un air désolé.

– Eugène, avec mes excuses, tu es un vieux fou. Donne son après-midi à cette gamine qui est honnête comme c'est pas permis et fiche-nous la paix. Tu me tords l'estomac, tiens, avec tes cris.

Il était rare que Marthe reprenne Eugène. Aussi, quand elle le faisait, il perdait tous ses moyens.

– C'est bon, la Musique, a-t-il dit. Marthe a gagné. Tu prends l'après-midi, tu vas voir ton curé et on n'en parle plus.

J'ai souri pour lui montrer ma reconnaissance.

– Et ne me dis pas merci, bourrique !

– Merci, Eugène. Je demanderai aux sœurs qu'elles prient pour toi.

– Surtout pas ! a-t-il maugréé. Ces corneilles… J'aime autant qu'elles m'ignorent. On ne sait jamais ce qu'elles mijotent, avec tous leurs salamalecs.

J'ai lavé et rangé les couverts du déjeuner. J'ai serré ma veste de laine autour de ma taille avec une écharpe. J'ai pris un foulard pour cacher mes cheveux. Enfin j'ai mis le nez dehors. Sur le seuil, l'impression que me causait ma liberté m'a saisie. Elle était si forte que j'ai eu envie de crier et de courir droit devant moi.

– Rentre avant la nuit, m'a conseillé Marthe. Il ne faut pas contrarier Eugène.

J'ai promis et elle a fermé la porte. Quinze longues secondes, j'ai profité de ma liberté. Il faut croire que je n'avais pas besoin de plus. Parce qu'elle s'est évanouie d'un coup, devant moi, en moins de temps qu'il n'en faut pour le dire. Il était à dix pas, qui s'avançait vers moi, le visage levé et la main tendue. Mistigri.

– Je n'ai pas de pain, ai-je fait. Je t'en donnerai demain.

Il a baissé la main. J'attendais qu'il rebrousse chemin. Mais non. Il s'est rangé à mon côté et il a réglé son pas sur le mien.

– Je n'ai rien pour toi. Je vais à Paris.

Il a fait celui qui n'entendait rien.

– Bon, ai-je consenti. Tu peux rester avec moi. Mais je te préviens, j'ai des gens à visiter. Il faudra que tu m'attendes.

Peine perdue. Mistigri n'avait aucune intention de me laisser aller seule. Je me suis fait la réflexion que je n'avais encore jamais entendu le son de sa voix. Quand je lui parlais, c'était comme si je parlais dans le vide.

– Dis donc, tu ne serais pas muet ?

Il n'a rien dit mais sa main est venue se glisser dans la mienne.

– Si tu m'entends, serre ma main une fois.

J'ai senti sa petite patte glacée me presser les doigts.

– Si tu es muet, serre-la deux fois.

Rien n'est venu. J'étais rassurée. Notre conversation s'est arrêtée là. Je n'avais plus grand-chose de si important à ajouter. Et c'est ainsi, main dans la main, que nous sommes descendus jusqu'à Paris.

Pour mon premier congé, je m'étais grisée de l'idée d'être seule. Et voilà que Mistigri me collait au derrière, m'attrapait par la main, et m'obligeait à lui faire la conversation. J'aurais dû me trouver fâchée de me voir voler ma liberté après quinze secondes d'exercice. Mais curieusement, ça n'avait aucune espèce d'importance. Après tout, c'est moi qui avais commencé. Avant que je ne lui tende mon pain, il ne m'avait rien demandé. Dans ces conditions, si je voulais me fâcher, c'est à moi que je devais m'en prendre. Mais pourquoi me serais-je fâchée ? Qu'aurais-je fait de mieux toute seule ? Mistigri ne m'ennuyait pas. Mistigri ne me pesait pas. Mistigri était là, et c'était aussi bien comme ça.

Arrivée en bas de la rue Lepic, j'ai eu un peu de mal à retrouver le chemin de l'hospice. Ce n'est pas que je sois oublieuse. Mais les rues changent sans cesse à Paris. On dirait qu'il s'en ouvre tous les jours, et que tous les jours poussent de nouvelles habitations. Paris nous fait des effets de manche. Mais c'est quand même à Montmartre que nous avons les plus beaux travaux, compte tenu du Sacré-Cœur qui sera un monument énorme, le plus énorme qu'on ait jamais vu sur les hauteurs de la ville, qui est par ailleurs la plus grande ville qui existe sur la Terre, tout le monde le sait.

J'ai demandé ma direction à une fleuriste qui campait à côté de ses bouquets d'asters, bien calée entre deux tas de pavés. Elle prit l'air désolé d'apprendre que j'allais vers Saint-Lazare, qui n'a pas bonne réputation à cause de sa prison. Elle m'a montré la rue que j'allais prendre, qui n'était pas si méchante car elle allait encore en descendant. Puis elle a tendu le doigt vers Mistigri qui se serrait contre moi.

– C'est ton fils, ce petit?

J'ai secoué la tête. Fallait-il que j'aie l'air important, un gamin à la main, pour qu'on me prenne pour une mère... Un grand sentiment de crainte et un grand sentiment de plaisir aussi m'ont traversé le cœur. Mais ce n'était rien à côté de ce que j'ai éprouvé quand j'ai entendu Mistigri murmurer:

– Oui.

Je lui ai envoyé une grande claque sur la tête.

– Ah non! ai-je fait. Comment ce serait possible que je sois la mère de celui-là qui a bien cinq ans alors que moi je n'en ai que treize?

– Tu es bien grande pour treize ans, a remarqué la fleuriste avec un regard soupçonneux. Ne le prends pas mal, a-t-elle ajouté. Ce n'est pas votre faute, les petites mamans, si vous avez des marmots...

Je sentais la main de Mistigri frétiller dans la mienne. J'ai tiré brusquement sur son bras, et je l'ai entraîné. J'ai filé sans dire au revoir ni merci. Ces fleuristes, on ne sait même pas si elles sont honnêtes. Elles passent toute leur journée à traîner dans la rue.

– Dépêche-toi, ai-je crié à Mistigri et je n'avais plus pour lui aucune gentillesse, je n'ai pas pris mon après-midi pour écouter tes bêtises.

Le seul avantage de cette fleuriste était de m'avoir fait entendre la voix de Mistigri, qui était une voix normale et agréable, si ce n'est qu'elle lui servait à raconter des mensonges.

La sœur portière ne m'a pas reconnue. Je crois que j'avais beaucoup grandi en quelques années. Ou que sa vue avait beaucoup baissé. Ou les deux raisons à la fois.

– Je suis Séraphine ! ai-je hurlé (ses oreilles n'étaient pas en meilleur état que ses yeux). SÉRAPHINE ! La petite du père Sarrault !

Sous la cornette, les yeux se sont écarquillés. Puis la mémoire lui est revenue. Un sourire auquel manquaient quelques dents est venu éclairer son vieux visage. Elle s'est mise à carillonner et s'est levée de sa chaise pour sortir de sa guérite. J'ai baissé la tête vers elle pour qu'elle me trace du pouce une petite croix sur le front, ce qui me cause toujours une très agréable caresse. Puis j'ai poussé devant moi Mistigri qui résistait comme un âne. La sœur a dessiné la croix sur son front. Puis elle a saisi une mèche de ses cheveux et l'a examinée.

– Il est aussi au père Sarrault, celui-là ?

– Oui, a murmuré Mistigri qui voulait bien de tous les parents qu'on lui proposait.

– Non, ai-je corrigé. Il est à moi.

– Alors, tu ferais bien de lui raser la tête, a conseillé la sœur. Et de mettre du pétrole sur la tienne. Parce que, avec tous les poux qui lui courent dans les cheveux, il a de quoi infecter la ville.

– Alors j'aime autant qu'il n'entre pas. Vous pouvez me le garder des yeux, le temps que j'aille saluer le père et les sœurs ?

– Oui, a-t-elle acquiescé.

Mais il était déjà trop tard, il arrivait à grands pas, suivi de sœur Thérèse et des trois nonnes de ma naissance.

– Ne l'approchez pas ! ai-je crié avant qu'ils nous rejoignent. Il a des poux !

La sœur portière hochait la tête d'un air réprobateur mais le père Sarrault a fait comme saint François d'Assise, celui qui aimait les bêtes. Il s'est penché pour nous donner un baiser sur le front, exactement comme si le petit n'était pas pouilleux et comme si je n'étais pas sa gardienne.

– Où tu l'as trouvé, ce gosse ?

– Sur la Butte. Ce ne sont pas les gosses qui manquent là-haut.

– On peut savoir pourquoi tu l'as amené ?

– Oh, ce n'est pas moi qui l'ai prié. C'est lui qui se colle à moi comme une glu. Je n'arrive pas à m'en débarrasser.

– Toi ? Toi, tu ne sais pas te débarrasser d'un gosse ?

Le père s'est retourné vers les sœurs en riant, comme pour les prendre à témoin.

– Si tu l'as gardé, c'est qu'il devait te plaire. Quant à lui, il n'a pas si mauvais goût de t'avoir choisie. Qu'est-ce qu'elle en dit, Jeanne ?

Nous étions assis au bout d'une table, dans le petit réfectoire. Sœur Thérèse avait posé devant nous une tourtière au fond de laquelle gisait un gâteau couleur de paille. Le père Sarrault en coupait de larges parts qu'il nous distribuait avec cérémonie. Tandis qu'il officiait, je lui ai raconté l'histoire de ma bonne fortune. Il m'a écouté sans mot dire, un sourcil levé, ce qui ne présageait rien de bon.

– Devant l'arbre de sainte Rita, je te le jure!

– Ne jure pas, par pitié! Tu devrais être assez maligne pour savoir que les saints sont auprès du Seigneur et qu'ils n'ont pas de temps à perdre à grimper dans les arbres...

– Mais c'est un arbre sacré!

– Ne dis pas sacré, malheureuse! Magique, à la rigueur. Un arbre magique.

– Sacré, magique, c'est pareil...

Le père Sarrault m'a regardée avec dans les yeux quelque chose qui ressemblait à la déception. Il a soupiré et il a tendu un petit morceau de génoise à Mistigri qui le fixait depuis de longues minutes avec des yeux suppliants.

– Que sainte Rita ait entendu tes prières, passe encore. Qu'elle ait pris le temps d'exaucer un souhait aussi commun qu'un changement de patron, admettons. Mais qu'elle ait agi au moment précis où Charlotte se traînait par terre devant un arbre couvert de chiffons, ça, Fifi, je suis désolé de te le dire, c'est une sornette.

Le père Sarrault sermonnait, les nonnes me souriaient avec bienveillance (car elles aimaient, elles, les histoires de miracles), Mistigri s'empiffrait, et moi je regardais ailleurs. Qu'est-ce qu'il avait à s'énerver tout seul contre les pèlerinages et les superstitions et tout ce qui fait que les gens croient en Dieu et en ses saints... Pour un curé, il était bien regardant. Pour le faire taire, j'ai fini par céder.

– Ce n'est pas ma faute. C'est la faute de Charlotte. C'est elle qui croit aux arbres, à cause de son amie Simone qui a des visions.

Il m'énervait tellement que je n'étais pas loin de dire que je ne croyais pas en Dieu non plus, ni dans la Sainte Vierge, ni en rien, sauf en sainte Rita. S'il était toutefois permis de croire encore en sainte Rita.

– Tu comprendras mieux tout cela quand tu seras grande, a-t-il soupiré, radouci. Il faut avoir réfléchi un peu pour distinguer les erreurs superstitieuses de la vraie religion.

Je voyais bien où il voulait en venir... À Charlotte. Elle était dans l'erreur parce qu'elle ne réfléchissait pas. Autant dire qu'elle était crétine. De la part d'un curé, ce n'est pas très joli de taper sur les absents. J'ai donc fait celle qui n'avait rien entendu et il n'a pas insisté. Nous avons laissé tomber l'arbre sacré, qui de toute façon serait toujours bien assez sacré pour les filles qui le priaient. Et il m'a entreprise sur mon travail. Il n'était pas mécontent que j'aie quitté Jeanne. Il était comme tout le monde, il l'admirait pour ses qualités de courage et la craignait pour son caractère irritable. Il s'attendait donc à ce que je trouve à m'embaucher ailleurs. Mais il n'a pas été ravi quand il a su qu'ailleurs se situait chez Eugène.

– Tu ne danses pas, quand même?

– Chez Eugène, on ne danse pas. Ce n'est pas un cabaret.

– J'espère bien!

Il a fallu que je le rassure encore en lui disant que je ne servais pas la clientèle, que je travaillais à l'abri du bar, que mes patrons étaient vieux, que je portais un tablier qui me faisait ressembler à un tonneau et que personne, non, personne ne m'avait fait de compliment sur ma tournure. Cet homme-là est pire qu'une femme jalouse. Il craint sans cesse qu'on me dise jolie, et surtout que je l'entende. Il aimerait sans doute que je sois une femme intelligente. Il ne lui déplairait pas que je sois une femme heureuse. Mais avant tout il veut que je sois une femme honnête.

– Il ne faut pas que tu t'inquiètes. Mes patrons me considèrent comme leur fille. Ils m'abrutissent de travail et m'empêchent de sortir autant qu'ils le peuvent.

– Ils font bien, a-t-il approuvé. Mais il ne faudrait pas qu'ils t'abrutissent trop, car abruti, une fois qu'on l'est, il est difficile de revenir en arrière. Tu devrais lire des livres, ma petite Fifi, afin d'enrichir ta connaissance de la vie.

– Je veux bien. Mais des livres, je n'en connais pas autour de moi. Je n'ai que *L'Imitation de Jésus-Christ* que vous m'avez donnée et qui est si ennuyeuse que quand je la vois, je bâille. À celui qui m'offrira des livres, je promets que je les lirai. En attendant, je ne peux pas lire, c'est bien dommage, mais c'est comme ça.

Tandis que nous parlions, le curé et les sœurs donnaient la becquée à Mistigri dont l'estomac semblait sans fond et qui mangeait de la génoise comme s'il voulait en exploser. Je crois bien que ce gosse n'avait jamais mangé de gâteau de sa vie. J'aurais pu me réjouir de son bonheur si je n'avais eu la certitude qu'une chose terrible se déroulait sous mes yeux : au sortir d'une telle expérience, jamais plus il n'accepterait de me laisser, fût-ce d'une semelle.

Après le goûter, nous avons quitté le réfectoire et j'ai fait le tour des souvenirs de ma petite enfance. Nous sommes passés par la sacristie, par la chapelle, par la cuisine. Au passage, les sœurs nous donnaient de petits bonbons de sucre que Mistigri fourrait dans sa bouche sans tarder, de peur sans doute qu'ils ne fondent sous ses yeux. J'étais épuisée par les rencontres et par le souvenir. Il était temps de remonter sur la Butte.

– Je vais te rendre visite, m'a annoncé le père Sarrault d'un ton qui n'admettait pas de discussion. Je veux faire la connaissance de tes patrons.

– Avec plaisir, ai-je dit. Je te montrerai ma petite chambre dans la réserve.

Il a réfléchi, puis il s'est décidé.

– Mardi. Je viendrai mardi.

– Viens quand tu veux, car j'y suis tous les jours.

Et là-dessus, je suis partie, traînant derrière moi Mistigri qui, gavé, avançait avec peine.

CHAPITRE SIX

Quand je pense que j'ai dit à sainte Rita qu'il était si léger qu'elle n'en sentirait pas le poids... J'espère qu'elle prendra ça pour une exagération, qui la fera sourire, et non pour un mensonge, qui la fera se fâcher. Ce gosse pèse un âne mort. Ce n'est déjà pas drôle de monter de Saint-Lazare à Montmartre. Mais grimper avec Mistigri sur le dos, c'est pire. Un Mistigri rempli jusqu'au nez de génoise, et que ses petites jambes n'arrivaient plus à porter.

Quand il a commencé à se plaindre, j'ai bien pensé le planter là. Il aurait bien fini par trouver le moyen de remonter tout seul. Mais il m'a regardée avec de tels yeux, des yeux de pauvre chien, soumis et confiants, que mon petit cœur stupide a fondu. Je me suis agenouillée devant lui.

– Grimpe, et plus vite que ça.

Une fois juché sur mon dos, il n'a plus voulu en descendre. Nous sommes repassés dans cet équipage devant la marchande de fleurs qui nous a suivis des yeux, avec son vilain sourire en coin. J'ai fait celle qui ne la connaissait pas. Et j'ai attaqué la rue Lepic. Je te déteste, rue Lepic, sale, bruyante et pentue, va en enfer.

Pour m'encourager, Mistigri chantonnait à mon oreille. De mon côté, j'économisais mes forces, je surveillais mon souffle et je ne disais rien.

À force de serrer les dents, j'ai fini par arriver tout en haut. Eugène attendait sur le seuil, les poings sur les hanches. Un simple passant aurait pu croire qu'il guettait la clientèle. Mais je sais, moi, qu'il m'attendait. J'avais promis d'être rentrée avant la nuit.

Quand il nous a vus arriver, Mistigri sur mon dos et moi rouge comme une betterave, il a fait de grands gestes indignés.

– Veux-tu déposer ça à terre ! Il te fera attraper la gale !

Mistigri n'a pas demandé son reste. Je l'ai senti qui se tortillait dans mon dos. Aussi j'ai relâché l'effort de mes bras et il a glissé jusqu'au sol. À peine avait-il touché terre qu'il a filé. Une souris n'aurait pas disparu plus vite. J'en ai conçu un peu de peine. Je savais qu'Eugène lui faisait peur. Mais il aurait quand même pu me dire merci pour la promenade, et pour le portage. Jeanne a raison : ces gosses-là, c'est pas élevé comme des hommes, ça grandit comme des bêtes.

– Est-ce qu'elle a perdu la tête, celle-là ? Qu'est-ce qui te prend de te coller à cette vermine ?

– C'est Mistigri, ai-je murmuré (et je n'étais pas fière car l'air d'Eugène me faisait bien savoir que j'étais en faute).

– Quoi, Mistigri ? C'est le petit Jules de la Félicie, jamais lavé, jamais nourri. Il traîne partout où il sent l'odeur du manger.

D'entendre de la bouche d'Eugène que le petit avait faim plus souvent qu'à son tour m'a fait de la peine, si bien que la tristesse m'est montée au visage. Quand il a vu que je changeais de figure, il m'a prise par le bras. Ce vieux-là crie fort mais il y a un cœur derrière sa voix.

– Tu diras à Marthe de faire chauffer de l'eau et de préparer la bassine. Il faut penser à se laver de temps en temps. C'est bon pour les nerfs. Et l'avantage, c'est que tu pourras noyer les puces du Jules.

– Elle ne s'en occupe pas, la Félicie, de son gamin?

– Elle n'est même pas en état de s'occuper d'elle-même. Alors le gosse…

– Pourquoi?

– Elle n'est pas solide, cette femme-là. Elle est rongée de l'intérieur. Comme elle n'a pas la force de se porter chez un patron, elle travaille chez elle. Tout ce qu'on lui donne, elle le fait. Elle coud les boutons. Elle pique les aiguilles sur les cartons. Elle répare les habits. Elle s'use à l'ouvrage, mais ce n'est pas encore assez. Elle ne gagne pas suffisamment pour elle et le petit. Tandis qu'elle tousse dans son trou, il traîne dehors, il glane, il a appris à se débrouiller.

– Elle n'a personne pour s'occuper de lui, pendant qu'elle travaille?

– Qui veux-tu qui le prenne? On ne lui connaît pas de famille, à cette femme. Elle nous est arrivée toute seule avec son gros ventre. À mon avis, et je le partage, elle a filé de sa campagne le jour où elle a compris qu'elle attendait un petit jésus. Elle a débarqué sur la Butte où l'on peut loger pour trois sous dans une cave. Là-dessus, la maladie l'a prise et la guigne a fait le reste.

– Eugène, ai-je dit, pourquoi personne ne prend soin de Félicie et de son petit?

Il m'a regardée attentivement, comme s'il avait du mal à comprendre le sens de mes paroles.

– Qui est assez riche ici pour se charger d'une femme malade et de son gamin pouilleux? Ils sont tous à gratter quelques sous pour mettre du saindoux sur leur pain, et tu voudrais qu'ils paient le médecin et la garde pour une femme qui n'est même pas de leur famille? Si je lui donne de mon pain, moi, Eugène, pourquoi je n'en donnerais pas aussi à la famille dont le père est blessé au dos et ne peut plus travailler? Qu'est-ce que je mangerai, moi, et qu'est-ce que tu mangeras, idiote, quand j'aurai donné mon bien à des peigne-culs qui ne pourront jamais me le rendre? Personne ne peut réparer la misère, ma pauvre. Parce que, de la misère, il y en a trop.

– Eugène, ai-je dit encore, je sais bien que tu as raison, parce que tu es vieux et que tu connais la vie.

Il a hoché la tête d'un air satisfait. Eugène aime deux choses: qu'on soit raisonnable, et qu'on lui fasse des compliments.

– Seulement voilà, ai-je ajouté, ce que tu dis ne me plaît pas et je me fiche bien que tu aies raison. S'il y a trop de misère dans le monde, c'est qu'il faut changer le monde.

– Bon sang! a fait Eugène. Elle n'a pas quinze ans et la voilà qui veut nous refaire la révolution! Il faut croire que c'est dans le sang…

Eugène s'est interrompu brusquement, comme s'il regrettait ce qu'il venait de dire. Ses mots avaient été plus rapides que sa pensée. Mais pas trop rapides pour moi qui les avais saisis au vol.

– Pourquoi tu parles de sang?

Il m'a contemplée avec ce regard un peu triste et un peu menteur qu'il avait eu quelques jours plus tôt pour me parler de la Commune.

– Et si j'ai envie, moi, de parler de sang? Qui c'est qui va m'en empêcher? Toi, peut-être? Si tu t'intéresses tellement à ce que je dis, réfléchis un peu, mademoiselle la Révolution. Tu trouveras tes réponses toute seule.

Eugène m'a plantée là et il est allé se réfugier derrière son comptoir. Pour être sûr que je ne l'ennuierais plus, il s'est lancé dans une grande conversation avec un ivrogne. Mais il m'était bien égal qu'il refuse de me parler. Il m'en avait dit assez. Le sang, c'était celui de mes parents. Je voulais faire la révolution comme ils avaient voulu la faire. C'était tout simple et c'était suffisant. Les silences d'Eugène étaient pleins d'informations.

– Tu ne devrais pas fâcher Eugène, m'a dit Marthe en versant l'eau tiède dans la bassine. Les discussions lui font mal au ventre.

– Je ne le fais pas exprès, ai-je répondu. Je dis ce que je pense.

– Dans ce cas, ne pense pas trop, ça t'évitera de dire.

Je ne voulais pas me mettre à dos tout le monde en même temps, alors j'ai cherché une manière de la contenter.

– Je ne sais pas si je peux m'empêcher de penser, mais je te promets de faire un effort pour me taire.

– C'est mieux que rien, a soupiré Marthe en relevant son broc vide. Je te prête le savon. Fais attention à ne pas l'user. Essuie-le quand tu as fini de t'en servir.

Marthe est sortie et j'ai fermé la porte de la réserve. Ensuite j'ai enlevé mes habits. D'abord le haut pour me laver en haut. Ensuite d'en bas pour me laver en bas. Mais j'ai eu beau me couper en deux, j'ai eu bien froid tout de même. Quand je me suis rhabillée, je me sentais neuve, comme une fleur au printemps. Ce n'était pourtant pas la faute de ce vieux savon tout noir. Ce devait être l'eau qui faisait ma peau si fraîche.

J'ai regardé dans la bassine, je n'y ai pas vu de puces. Il n'y avait que toute cette saleté dont il est si agréable de se débarrasser quand on a de l'eau chaude. J'ai pensé que j'aurais grand plaisir à laver Mistigri, un de ces jours. J'ai pensé aussi que c'était une chose que je devais me garder de dire, si je ne voulais pas faire de mal au ventre d'Eugène.

J'avais bien de la chance dans l'existence, à la différence de la pauvre Félicie qui ne connaissait que la guigne. Ce même soir où je me sentais si fraîche, alors que je mesurais tranquillement l'absinthe derrière le comptoir, j'ai entendu qu'on m'appelait de la salle.

– Fifi ! Viens donc par ici qu'on te regarde !

Cette voix, je l'aurais reconnue entre mille. C'était Charlotte. J'ai cherché dans la salle. Elle était assise à la grande table du fond, en compagnie de Raoul et d'un monsieur en costume vert sombre que je n'avais jamais vu. Je n'ai pas demandé la permission à Eugène, je n'ai fait ni une ni deux, j'ai glissé de derrière mon comptoir et je me suis précipitée vers elle.

Elle portait une robe noire à reflets, dont la taille était si étroite que j'aurais pu la tenir entre mes deux mains accordées. Ses cheveux lui dessinaient des boucles sur le front et quelques mèches dégringolaient dans son cou. Elle devait utiliser un meilleur savon que celui de Marthe car sa peau sentait le paradis.

Elle me serrait dans ses bras comme si elle voulait m'incruster dans son bustier quand Eugène est arrivé à la table. J'ai craint qu'il me renvoie derrière mon zinc. Mais il a regardé la compagnie : bourgeoise. Et l'allure des clients : solvable. Ces braves gens amélioraient beaucoup la tenue de son établissement. Et ils ne feraient certainement pas de difficultés pour payer ce qu'ils allaient boire. Qui les avait amenés chez lui ? Charlotte. Et quelle était la raison de Charlotte ? Moi. Parce qu'il est un homme avisé et un bon commerçant, Eugène a jugé que je pouvais rester à leur table. Tant que c'était pour le bien des affaires.

– Va, ma fille, m'a-t-il dit d'un ton aimable. Prends place à côté de ta tante. Pour la famille, le patron offre un petit congé !

– Merci bien, a fait Charlotte et elle lui a souri, découvrant d'un seul coup ses petites dents blanches.

Les messieurs faisaient fondre le sucre dans les cuillères pour adoucir l'absinthe, tandis que Charlotte me contemplait d'un air désolé.

– Qui t'a attifée comme ça ? Ce tablier, je ne dirais pas qu'il est laid… Il est affreux…

– Je n'y peux rien. C'est Marthe et Eugène qui l'ont voulu pour moi. Il est solide et il tient chaud. Il est modeste aussi. Il me cache tout entière.

– Ces deux vieux sont complètement fous, a soupiré Charlotte. C'est habillée de la sorte que tu attires les regards. On se demande ce qui leur passe par la tête de te déguiser… Tu serais vêtue comme une petite grisette que personne ne te jetterait un regard. Une gamine au milieu des autres, et pas si belle que ça, au bout du compte, il faut bien le dire…

– Charlotte, tu n'es pas très charitable, a remarqué Raoul. Et de plus, ta vue baisse. Fifi est jolie comme tout. Et même son grand tablier ne peut pas le cacher.

Charlotte lui a envoyé un coup de coude dans les côtes.

– Toi, l'artiste, ne t'avise pas de séduire ma petite filleule. Elle a eu assez d'ennuis pour qu'on lui épargne de tomber dans les pattes d'un bon à rien de ton espèce.

Assis à côté de Raoul, le monsieur qui portait un costume vert sombre me regardait avec beaucoup d'intérêt. À sa peau rose et à son menton rasé, à ses cheveux coupés droit et bien ramenés sur le crâne, on devinait l'aisance. C'est amusant comme la fortune vous distingue un homme, et sur sa seule figure. À moins que ce ne soit la misère qui distingue les autres, c'est difficile à dire. Charlotte s'est tournée vers lui.

– Cette gamine, Achille, je la connais depuis qu'elle est née.

– Ce n'est pas vrai, ai-je relevé. Tu ne m'as pas trouvée tout de suite.

– C'est bon, vilaine. Mais avoue que tu étais bien cachée. J'ai quand même fini par te mettre la main dessus. Mademoiselle est orpheline, a ajouté Charlotte en se tournant vers le monsieur au costume vert. Elle a été recueillie par le curé de l'hospice Saint-Lazare. Je l'ai tirée des griffes de l'Église pour la confier à Jeanne.

– La grande Jeanne? a demandé le monsieur qui semblait de plus en plus intéressé.

– Des Jeanne, mon petit Achille, je n'en connais qu'une.

– Mais alors? a-t-il fait en se penchant vers elle.

– Oui, a chuchoté Charlotte en soulevant les sourcils jusqu'à la racine de ses cheveux. Mais je t'en par lerai plus tard. La petite reste à l'écart de tout cela.

Elle s'est tournée vers moi avec un sourire si faux qu'on aurait dit une grimace. Comme si je ne l'avais pas entendue. Quelquefois, je me demande si Charlotte n'est pas un peu bête. À moins qu'elle ne me prenne, moi, pour une idiote.

– Qu'est-ce qu'elle fait chez Eugène? a poursuivi ce monsieur qu'on appelait Achille.

– Elle travaille, que veux-tu qu'elle fasse? Jeanne lui cassait les pieds, alors elle a trouvé à s'employer ailleurs. Elle a de l'intelligence et de l'habileté, pour une gamine qui a grandi dans la dèche. Elle a même appris à lire.

– C'est vrai, ai-je dit. Je lis le journal à Eugène et à Marthe qui aiment qu'on leur dise les nouvelles.

Achille-au-costume-vert avait pour moi un regard de plus en plus aimable. À croire que pour lui, la lecture était la plus belle plume à mon ornement.

– On dirait que tu la trouves bien mignonne, toi aussi, a remarqué Charlotte avec méfiance.

Achille a secoué la tête.

– Ce n'est pas ça. Encore qu'elle n'est pas vilaine. C'est que j'ai une jeune sœur qui doit avoir à peu près son âge. Quel âge as-tu, Fifi ?

– Douze ans, a répondu Charlotte avant que j'aie seulement eu le temps d'ouvrir la bouche.

– Treize, ai-je corrigé. Et tout neufs.

– C'est cela, a souri Achille. L'âge de ma sœur. Et tu me dis que tu sais lire ?

– Oui, monsieur. Mais le souci, c'est que je ne possède qu'un livre et qu'il m'ennuie.

– Quel livre ?

– *L'Imitation de Jésus-Christ.*

À ma réponse, Achille a fait une tête si curieuse, et si dépitée, que j'ai cru que je l'avais offensé. Je me suis empressée de me corriger.

– Ce n'est pas que je n'aime pas Jésus, ne vous y trompez pas. C'est que le livre ne raconte pas d'histoire. Aussi je n'arrive pas à m'y intéresser, comme je m'intéresse au journal qui est tout plein de crimes et d'accidents.

– Ne t'excuse pas, a dit Achille qui décidément me voulait du bien. Personne ne lit *L'Imitation* pour son plaisir. Veux-tu que je te donne un livre, moi ?

– Un livre qui raconte une histoire ?

– Oui.

– Je veux bien, monsieur. J'en prendrai soin et je vous le rendrai quand je l'aurai fini.

– Que vas-tu lui donner, à cette petite ? a fait Raoul.

– Je ne sais pas encore. Laisse-moi réfléchir.

J'ai bien cru que je n'aurais jamais mon livre parce qu'Eugène est revenu à notre table.

– Fifi, tu t'es assez amusée. Il est temps de travailler un peu. Marthe a besoin de toi. Elle ne s'en sort pas toute seule.

Je me suis levée à regret. Je serais bien restée à bavarder avec les amis de Charlotte qui montraient tant d'intérêt pour ma personne. Mais l'heure tournait, et, dans un commerce, on ne peut pas rester longtemps à paresser. Achille ne me quittait pas des yeux. Pour la première fois, j'ai été bien triste de porter un monstrueux tablier en forme de tonneau. J'ai pensé que sa sœur devait avoir une meilleure allure que moi.

– Cosette, a dit Achille.

– Quoi ? a fait Charlotte.

– Cosette, je te dis. Fifi, je vais t'offrir *Les Misérables* qui est un gros livre plein d'histoires.

– Merci bien, monsieur.

– « Victorugo » ? a demandé Raoul. Ce vieux radoteur ?

Achille a regardé Raoul avec un peu d'exaspération. Je crois que s'il l'avait pu, il lui aurait donné une tape sur la joue, comme à un gamin.

– À l'enterrement du radoteur, a-t-il dit, est venu tout le peuple de Paris…

– Le peuple, le peuple, a soupiré Raoul en levant les yeux au ciel avec un demi-sourire moqueur. C'est la République qui payait la cérémonie…

– Parfaitement, le peuple, a répété Achille qui ne souriait pas du tout.

– Allons bon, a fait Charlotte. Ça recommence… Ce soir, personne ne se dispute. On se l'était promis… Personne ne parle d'art. Personne ne parle de politique.

– Fifi, a fait Raoul, puisqu'on n'a plus le droit de parler, apporte-moi une autre absinthe.

– Tu ne devrais pas tant boire, a dit Achille. L'alcool transforme les hommes en bêtes, ou en chiffons.

– On ne parle pas d'alcool non plus, a essayé Charlotte mais il était déjà trop tard, les deux hommes étaient repartis à se chamailler.

Je suis retournée derrière mon comptoir mais je n'ai pas demandé d'absinthe pour Raoul. Je ne voulais pas qu'il devienne bête ni chiffon. J'ai lavé des verres en pensant à Jeanne. Pourquoi Achille, qui avait toute la parure d'un bourgeois, la connaissait-il ? Et pourquoi l'appelait-il la « grande Jeanne » ? Pourquoi Charlotte ne voulait-elle pas que l'on parle devant moi ? Qu'est-ce que c'était que cette manie de ne rien me dire ? Et Achille se souviendrait-il de m'apporter les histoires de « Victorugo » que la République enterrait ? À penser sans rien dire, je n'ai pas vu le temps passer. J'ai été toute surprise quand je les ai vus tous les trois derrière le zinc, qui me cherchaient pour me dire adieu.

– Ces messieurs ont-ils cessé de se disputer ? ai-je demandé à Charlotte car j'avais peur qu'ils aient passé une triste soirée, ce qui aurait été mauvais pour mes affaires, et pour celles d'Eugène.

– Ne te fais pas de souci, petite cruche. Ces messieurs n'aiment rien tant que se quereller. Ils sont amis depuis dix ans, et depuis dix ans ils se querellent. C'est fatigant pour tout le monde sauf pour eux. Eux s'en portent très bien.

– Au revoir, ma petite Fifi, a dit Raoul. N'oublie pas que j'attends ta visite. Tu as promis de passer à mon atelier pour y voir les portraits de ta tante habillée.

– Et laide, a précisé Charlotte.

– Je viendrai dès que j'en aurai le temps, ai-je dit. Mon souci est que je n'ai jamais le temps. Il y a trop de travail ici.

– Charlotte, a dit Raoul à ma tante, c'est à toi de l'amener jusque chez moi. Le vieux ne la laissera jamais sortir seule pour aller chez un peintre.

– Et il aura raison, a finement ajouté Charlotte.

– Fifi, a dit Achille à son tour, je me débrouillerai pour te faire parvenir *Les Misérables*. Si je n'ai pas le temps de monter sur la Butte, je confierai le livre à Raoul.

– Je vous suis très reconnaissante, monsieur, ai-je fait. C'est la deuxième fois qu'on me donne un livre. J'espère que cette fois sera plus réussie que la première.

Il a ri et, comme il allait partir, je l'ai rattrapé par le poignet.

– J'ai une question, monsieur Achille, mais vous n'êtes pas obligé de me répondre.

Charlotte est devenue toute pâle et elle a regardé Achille avec un petit tremblement au coin de la bouche.

– Vas-y, Cosette, a dit Achille.

– C'est à propos de votre petite sœur. Est-ce que je peux savoir comment elle s'appelle ?

– Bien sûr, ma grande. Elle s'appelle Lucie.

« Sainte Rita, ai-je pensé quand je me suis enfin couchée. Je suis une belle imbécile d'avoir demandé à Achille le nom de sa sœur, quand j'aurais dû lui demander comment il connaissait Jeanne. Je vous supplie de me donner une autre chance de lui causer. Je vous supplie aussi de lui rappeler de m'apporter ce livre. Ce n'est pas tous les jours qu'on me promet un livre et j'aimerais beaucoup qu'il ne me passe pas sous le nez. Prenez soin du père Sarrault, de Charlotte, de Jeanne, de Marthe et d'Eugène. Et de ma mère qui est au ciel avec vous. Mais surtout prenez soin de Mistigri qui s'appelle Jules, et de sa mère Félicie qui a la guigne. Enfin, s'il vous reste du temps, pensez à changer le monde qui est trop plein de misère. Si personne ne s'en occupe, les choses ne s'arrangeront jamais. Comme Eugène ne veut rien faire, je pense que c'est à vous de vous en occuper car vous possédez des puissances que nous n'avons pas. »

CHAPITRE SEPT

Ce matin-là, à mon réveil, de fins motifs blancs festonnaient l'entour de ma fenêtre. Il avait fait si froid durant la nuit que les vitres avaient commencé de givrer. Le jour m'arrivait à travers un tamis gris. Par chance, Eugène se levait avant nous. Pendant que nous dormions encore, il avait remonté du charbon de la cave et fait prendre un petit feu dans le poêle. Une bonne chaleur régnait à la table où nous avons déjeuné. Mais il ne fallait pas s'en éloigner. À trois mètres, la chaleur s'était évaporée. On gelait. J'aurais voulu rester assise toute la matinée, sur ma chaise, le dos au poêle. Mais je n'avais pas sitôt fini ma tartine que Marthe m'a expédiée chercher de l'eau à la fontaine.

C'est en sortant que j'ai fait la première rencontre d'une journée qui devait s'avérer riche en événements. J'ai reconnu, sans beaucoup de surprise, Mistigri collé comme une limace au mur du cabaret, de l'autre côté du poêle. Pour ne pas perdre une miette de chaleur, il avait écarté les jambes, tendu les bras et posé son petit torse bien à plat sur la brique à peine tiède. Il était si occupé qu'il ne m'a pas vue sortir. Je ne l'ai pas dérangé. J'ai filé à la fontaine et j'ai rempli mon broc d'une eau claire comme de la glace. Quand je suis revenue sur mes pas, il n'avait pas bougé d'un poil. Il était toujours collé au mur. Je suis rentrée dans le cabaret.

À l'intérieur, il n'y avait personne. Marthe bricolait dans sa chambre. Eugène était à la cave, tout occupé à dresser l'inventaire de ses réserves en charbon. On l'entendait fourrager sous le plancher.

La place était libre. Je suis ressortie dans le froid coupant, j'ai saisi Mistigri par les aisselles, je l'ai hissé dans mes bras et je l'ai ramené dedans. J'ai traversé la salle en courant, priant le ciel de ne pas me faire surprendre. J'ai poussé la porte de la réserve et j'ai balancé le gamin sur mon lit. Il était tellement surpris qu'il me fixait des yeux sans rien dire, la bouche à moitié ouverte. Il était bien pâle, aussi j'ai pris ma couverture que j'ai étendue sur lui.

– Mistigri, tu vas rester là où il ne fait pas froid. Je te demande de dormir et de te réchauffer. Je viendrai te donner un peu de pain quand j'aurai réussi à mettre la main dessus. Ne fais pas bruit, sinon tu te feras prendre. Et si tu t'ennuies, ma foi, joue avec tes doigts.

Je l'ai enfermé et j'ai repris mon travail où je l'avais laissé. Je me suis mise à laver par terre.

De tout le matin, je ne me suis pas éloignée. Je lorgnais vers Eugène et Marthe, de crainte qu'il ne leur prenne l'idée d'aller fouiller dans la réserve. Mais les deux vieux allaient au ralenti. On aurait dit que l'arrivée du froid les avait déjà gelés. On n'entendait pas Mistigri bouger, sans doute dormait-il comme je le lui avais demandé. D'un côté, je n'étais pas tranquille à l'idée de me faire prendre. De l'autre, j'étais contente de savoir le gosse à l'abri.

L'heure de midi approchait. Marthe a fait chauffer sa grande marmite de soupe, dans laquelle elle a jeté des morceaux de lard. Eugène a taillé une pile de tranches dans la miche de pain. Et moi, je me demandais comment j'allais m'y prendre pour porter un bol au petit. J'étais nerveuse à en trembler. L'idée de profiter de tout ce bon manger tandis que l'autre mioche crevait de faim me rendait malade.

Mais quand il s'est agi de la manger, la soupe était aussi bonne que son odeur. Le pain trempé fondait dedans. Sans compter qu'elle était très chaude et que la fumée qui flottait au-dessus des bols ajoutait au réconfort qu'elle apportait. En dépit de tout le souci que me causait Mistigri dans la réserve, je l'ai mangée de bon cœur.

– Eh bien, la Musique, a toutefois remarqué Eugène, tu en fais une drôle de tête aujourd'hui.

– C'est le froid qui la chagrine, a fait Marthe.

– Je crois plutôt que c'est la visite de sa tante qui lui donne à penser, a dit Eugène. Hein petite, que c'est ta tante ?

Je n'ai pas répondu car j'aurais péché par mensonge. J'ai un peu bougé la tête de haut en bas, ce qui ne voulait rien dire et ce qu'Eugène a pris pour une approbation. Ce n'était quand même pas ma faute s'il comprenait tout de travers.

Quand le déjeuner a été fini, Eugène a lancé à Marthe un long regard en coulisse.

– Je crois que la saison est revenue de faire une petite sieste après le repas, a-t-il lancé. En hiver, il faut se garder de la fatigue car elle a vite fait d'apporter le mal.

– Te voilà bien savant, a dit Marthe.

Elle se moquait de lui mais il a fait celui qui ne voyait rien.

– La médecine a fait de grands progrès, a-t-il dit avec sérieux. Et la médecine veut que l'on dorme suffisamment. Voilà pourquoi nous allons nous reposer dans la chambre, tant que nous n'avons pas de clients. Fifi, tu fermeras la porte à clé. Nous rouvrirons dans une heure.

Il a plié son torchon et s'est levé de table. Il est monté à l'étage, suivi de Marthe. C'était l'aubaine. J'ai attendu. Quand j'ai été bien sûre qu'ils ne descendraient pas de sitôt, j'ai dégagé un bol que j'ai rempli de soupe, et je suis allée le porter à mon prisonnier.

Il m'attendait. À se tenir au chaud sous la couverture, il avait repris des couleurs. En voyant sa tignasse posée sur mon drap, j'ai pensé avec horreur aux poux qu'elle ne manquerait pas d'y laisser. Mais il était trop tard. Si les poux devaient me gagner, ils étaient déjà en train de galoper dans mon lit.

Je l'ai regardé manger sa soupe. Il donnait une assez bonne image du délice qui attend les justes au paradis. Le visage penché sur son bol, il ne s'occupait de rien d'autre que de son bonheur présent. Quand il a eu fini, ses joues étaient très rouges et ses yeux remplis de larmes de satisfaction (ou peut-être s'était-il brûlé avec la soupe trop chaude).

– C'était bon, n'est-ce pas ?

Il a hoché la tête avec vigueur et je ne pouvais avoir, moi, aucun doute sur ce que signifiait son mouvement.

– Maintenant, il va falloir que tu rentres chez toi. Je ne peux pas te garder toujours.

J'étais bien triste de devoir le renvoyer dehors, mais je n'avais pas le choix. S'il restait, il finirait par être découvert par Eugène ou par Marthe. Et alors plus question de l'accueillir en cachette, même pour un petit moment.

– Je ne suis pas chez moi. Et mes patrons ne veulent pas chez eux d'un enfant pauvre supplémentaire.

Je me dépensais en vain en belles explications. Mistigri a fait celui qui n'entendait rien. Il s'est enroulé dans la couverture, il s'est allongé de tout son long et il m'a tourné le dos.

– Mistigri, bon sang, il faut t'en aller.

Pas un geste. J'en étais à me dire que j'allais devoir le porter dehors par les mêmes moyens que j'avais employés pour l'amener dedans, quand j'ai entendu du bruit dans la salle. J'étais une belle imbécile d'avoir oublié de fermer la porte. Je n'avais plus le temps de chasser Mistigri. Le plus urgent était de m'occuper des clients.

– Tu as de la chance que je sois appelée ailleurs, ai-je lancé. Mais prépare-toi à partir. Dès que j'en ai fini avec le client, je te mets à la porte, aussi vrai que je m'appelle Fifi.

D'abord, j'ai cru que c'était une vieille dame. Une silhouette noire, ronde, surmontée d'un chapeau, se tenait au milieu de la salle, cherchant du regard quelqu'un à qui s'adresser. Elle s'est tournée vers moi et c'est alors que j'ai reconnu le père Sarrault dans son manteau d'hiver.

– Ça alors ! ai-je fait. Nous voilà déjà mardi !

C'était la deuxième rencontre de ma journée. Elle n'était pas moins importante que la première. J'ai lissé mon tablier des mains, et je me suis félicitée de m'être lavée la veille. J'avais grande envie qu'il approuve ma nouvelle situation, et je tenais à me montrer à mon avantage.

– C'est un bel établissement, a-t-il gentiment remarqué. Mais tu es toute seule ?

– C'est bien la première fois. Mes patrons font la sieste, car l'arrivée du froid rend le sommeil nécessaire.

– Tu tiens la boutique ?

– Je devais fermer la porte. Mais j'ai oublié. C'est tant mieux parce que ainsi vous n'avez pas trouvé porte close.

En attendant que Marthe et Eugène nous reviennent de la sieste, j'ai assis notre visiteur à une table. J'étais fière de pouvoir l'accueillir. Chez Jeanne, je n'avais qu'un tabouret, un peu d'eau à offrir et la certitude de me faire attraper au bout du compte. Mon visiteur n'a pas fait le difficile, il a pris ses aises. Il a refusé le bol de soupe que je lui proposais mais il n'a pas dit non pour un petit verre de vin. Je l'ai servi et je me suis assise en face de lui. J'avais beaucoup de choses à lui demander, car il a fait mon éducation et je n'ai pas l'occasion de le voir si souvent. Ma première question était commandée par l'urgence, et la présence silencieuse de Mistigri à proximité.

– Père Sarrault, tu as eu raison de me placer sous la protection de sainte Rita car je crois qu'elle m'aime beaucoup.

Il a froncé les sourcils, comme s'il ne comprenait pas où je voulais en venir.

– Continue.

– C'est à elle que je fais mes prières, et elle m'écoute avec beaucoup d'attention, puisqu'elle m'a fait trouver cette place qui me convient. Tous les soirs, je lui demande de prendre soin de vous, et de tous ceux que j'aime. Si je le lui demande, crois-tu qu'elle agira aussi pour tous les misérables ?

Le père Sarrault a sifflé d'un coup tout son verre de vin. Je n'ai pas attendu qu'il m'en fasse la demande. Je me suis levée et je lui en ai apporté un autre.

– Pourquoi toujours embêter sainte Rita ? a-t-il soupiré. Tout ce que Paris compte de filles, de pauvres et de malades est pendu à ses basques. La misère… Qu'est-ce que tu veux qu'elle y fasse, la pauvre ? Les saints, si tu veux mon avis, il faudrait les protéger. Ne s'adresser à eux que pour leur parler de la beauté du monde. Ainsi, ils se souviendraient de la Terre avec plaisir. Pourquoi faudrait-il que ce soit toujours à eux de s'occuper des hommes ? N'est-ce pas aussi aux hommes de s'occuper des saints qui patientent dans l'éternité ?

Et hop, le deuxième verre de vin y est passé.

– Fifi, la misère se soigne avec l'argent des hommes. Pas avec les prières des dieux. Et est-ce que je peux avoir encore un verre de ce petit vin ? Est-ce un vin de Montmartre ?

Je suis allée derrière le comptoir regarder sur le tonneau, mais on n'y voyait pas d'étiquette.

– Je ne sais pas. Ça m'étonnerait. Il y a du raisin à Montmartre, pour sûr, mais il n'y en a pas tant que ça. Au vu de ce qui se boit ici, pour remplir les verres des clients, il faudrait que Paris soit couvert de vignes.

Ce que j'aime chez cet homme, c'est qu'on ne sait jamais à l'avance ce qu'il va vous répondre. Il est très différent d'Eugène, de Marthe, de Charlotte et même de Jeanne dont je peux prévoir au mot près ce qu'ils vont me dire. Voilà un homme qui n'a pas peur de ne pas penser comme tout le monde, ni de dire ce qu'il pense, ce qui fait qu'on n'a pas peur de lui dire ce qu'on pense à son tour, même si l'on ne pense pas comme tout le monde.

– Père Sarrault, ai-je donc dit, j'ai mis ce matin dans ma chambre le petit Mistigri que tu as vu à l'hospice. Il gelait devant la porte, aussi je l'ai pris, je l'ai caché et je lui ai donné de la soupe. Est-ce que je travaille contre la misère, à la place de sainte Rita qui n'y peut rien ?

Il s'est mis à rire.

– Oui, Fifi. Qu'est-ce que tu vas en faire, de ce gosse ?

– C'est bien le souci… Sa mère est malade, outre qu'elle est guigneuse comme pas possible, si bien qu'elle n'a pas la force de l'élever. Eugène ne veut pas entendre parler des mendiants. Quant à Marthe, je crois qu'elle n'aimerait pas l'idée de le garder, parce qu'il a des poux et qu'il est trop petit pour travailler. Je voulais le mettre dehors quand tu es arrivé, mais il ne veut plus sortir de mon lit.

Le père Sarrault riait pour de bon. Ses petits yeux pétillaient.

– Le plus beau de l'histoire, c'est qu'il s'appelle Jules, comme toi. Je l'ai baptisé Mistigri avant de savoir son vrai nom. Depuis, comme il est silencieux et maigre comme un chat, je n'arrive pas à l'appeler autrement.

– Je ne peux pas m'occuper de Jules, a-t-il constaté. Mais si sa mère est malade, je peux peut-être faire quelque chose pour elle. Va chercher le petit, il va nous conduire.

Quand je lui ai dit qu'il allait voir le curé qui donnait du gâteau, Mistigri a bien voulu sortir de mon lit. J'ai secoué mon drap, mais je n'avais pas grand espoir d'en chasser les puces et les poux qui s'y étaient accrochés. Nous sommes sortis ensemble de ma réserve. Je le tenais par la main car j'avais peur qu'il ne s'enfuie comme il savait si bien le faire quand il avait peur.

Par malchance, à peine étions-nous entrés dans la salle que mes patrons sont descendus de la sieste. Voyant que nous étions trois – et de natures bien différentes –, là où il s'attendait à me trouver seule, Eugène est resté bouche bée. Son regard est passé sur le père Sarrault, s'est attardé un moment, puis il s'est porté sur Mistigri et là, il s'est arrêté net.

– Fifi ! a-t-il crié. Qu'est-ce que ça fait là, cette saleté ?

Mistigri s'est accroché à mon tablier comme si on allait lui arracher la tête. Et moi-même, j'avais tellement peur que je suis restée muette.

– C'est moi qui l'ai amené, a dit le père Sarrault d'une voix douce qui contrastait avec les cris d'Eugène. Je l'ai trouvé sur le chemin. Il tremblait de froid. J'ai donc demandé à Fifi de l'accueillir un instant, pour qu'il se réchauffe.

Eugène a frotté ses mains l'une contre l'autre. Elles devaient le démanger, tant il avait envie d'envoyer une claque à l'un d'entre nous.

– Vous, si vous n'étiez pas de l'Église, je vous flanquerais à la porte sans attendre. Comment se fait-il que vous connaissiez Fifi ?

Le père Sarrault a eu un fin sourire.

– Quand j'ai rencontré Fifi, elle était un peu dans la situation de ce gosse. Je l'ai recueillie, je lui ai assuré la nourriture et la chaleur, et je lui ai trouvé un abri.

– Ah, c'est vous... a fait Eugène, brusquement calmé. Tu vois, a-t-il ajouté à l'attention de Marthe, c'est lui, le curé qui a pris la petite quand sa mère est morte.

– Bonjour monsieur l'abbé, a murmuré Marthe en se fendant d'une petite révérence.

– Je ne suis pas abbé, madame, a-t-il corrigé. Je ne suis que curé.

– Vous êtes bien aimable, a continué Marthe, d'avoir pris soin de notre Fifi. C'est une gentille fille, et travailleuse.

La situation était idéale. Le père Sarrault n'a pas hésité.

– Fifi et ce gamin, voyez-vous, c'est un peu la même chose. Elle a eu la chance de tomber sur son vieux curé. Mais lui ?

Eugène a regardé ses pieds. Puis il a regardé Marthe. Puis il m'a regardée. Puis il a regardé au plafond.

– Il a une mère, ce gosse.

– Très juste. Je proposais à Fifi que nous allions la visiter tous les trois. Si un vieux curé comme moi ne peut rien pour le petit, il a peut-être des ressources pour la mère. Est-ce que vous me prêteriez Fifi une demi-heure ?

– Hier sa tante, a bougonné Eugène, aujourd'hui son curé… C'est bon pour une fois. Vous me la ramenez dans une heure, hein, l'abbé ?

– Curé, a soupiré le père Sarrault. Pas abbé. Curé.

Je tenais toujours solidement Mistigri par la main. Quand nous lui avions demandé de nous emmener chez sa mère, il s'était contenté de hocher la tête. Il nous conduisait maintenant, me précédant d'un pas.

Nous avons dépassé le champ jaune, nous avons longé quelques baraques et les cabarets fermés à cette heure. Nous avons longé le chantier qui encombre tout le sommet de la Butte. Nous sommes passés sur l'autre versant, là où les bourgeois ne vont jamais, parce qu'on n'y noce pas et que les maisons sont plus tristes que chez nous. Mistigri s'est arrêté devant un mur noir, dans lequel s'ouvrait une porte. Après le mur, un couloir. Après le couloir, une cour. Tout autour de la cour, dressés raides comme les parois d'un puits, des murs délabrés, hauts et sombres, percés de noires fenêtres jamais lavées.

Mistigri a traversé la cour. Une large porte toujours ouverte donnait sur un escalier étroit qui partait en tournant. Le petit n'a pas pris l'escalier. Il nous a montré une porte plus étroite, cachée derrière les marches.

– Fifi, a soupiré le père Sarrault, il y a des choses que je préférerais ne pas voir. Je n'ai plus l'âge.

Mais nous sommes descendus. Une dizaine de marches plus bas, enfin, Mistigri a poussé un battant de bois. Nous étions chez lui. La pièce carrée donnait sur un soupirail assez large pour laisser passer le jour. Elle devait être humide car de longues traînées descendaient sur les murs. On avait posé des planches épaisses sur la terre battue, ce qui faisait un plancher rudimentaire et inégal, qui protégeait de la boue.

Devant le soupirail, une femme était assise. À sa gauche, une grande boîte pleine d'aiguilles. À sa droite, un sac rempli de petites feuilles de carton. La femme prenait des aiguilles et les piquait sur les cartons. Quand les aiguilles étaient piquées les unes à côté des autres, elle repliait le carton sur lui-même et elle le déposait devant elle, sur une pile de pochettes toutes pareilles. Je les connaissais bien, ces pochettes. Je m'en étais servi toute mon enfance. Jeanne descendait les acheter à Paris chez la mercière.

La femme se tenait voûtée et ses gestes étaient lents. Mistigri s'est glissé jusqu'à elle.

– Tiens, a-t-elle murmuré. Te voilà, toi. Je ne t'ai pas entendu entrer.

Pour lui faire savoir que son gamin n'était pas seul, le père Sarrault a toussé. Elle a frémi, elle ne s'est pas retournée.

– Déjà ? a-t-elle demandé. Mais je n'ai pas fini... Il faudra repasser chercher l'ouvrage.

– Madame... a commencé le père Sarrault.

– Puisque je vous dis que je n'ai pas fini ! Vous êtes encore pire que les autres...

– Ce n'est pas ça, ai-je lancé. Nous sommes de la Butte...

Elle s'est retournée vers nous. Dans son visage, on ne voyait d'abord que les yeux, parce qu'ils brillaient comme des étoiles. On ne remarquait qu'après qu'elle avait dû être bien jolie avant d'être maigre.

– Qui êtes-vous ?

– Des amis du petit Jules, ai-je répondu.

– Je suis prêtre, a ajouté le père Sarrault.

Les yeux de la femme se sont remplis de larmes.

– Pourquoi un prêtre ? Est-ce que je suis si près de mourir ?

Mistigri s'est accroché à la jupe de sa mère. Félicie nous fixait de ses grands yeux. Un froid de gueux avait beau régner dans la cave, ses joues étaient extraordinairement rouges. Le père Sarrault s'est approché d'elle. Il a touché son front, et puis son cou. Elle se laissait faire sans mot dire. Que sainte Rita me pardonne mais elle ressemblait à un animal qu'on examine avant de l'abattre.

– Vous n'allez pas mourir, a-t-il dit d'une voix ferme. Je vais vous emmener à Saint-Lazare où nous allons vous soigner.

Félicie a porté les mains à ses cheveux, et, cette fois, les larmes ont coulé franchement le long de ses joues.

– Je ne veux pas aller en prison, monsieur. Je n'ai volé personne, encore que je le ferais sans hésiter si seulement j'en avais la force. Et mon petit garçon? Qui va loger mon petit garçon?

Si je n'avais été aussi triste, j'aurais sans doute pleuré avec elle. Mais il y a des tristesses si graves qu'elles vous sèchent les larmes à la source. Des tristesses qui vous transforment en pierre. Jules Sarrault doit être fait comme moi parce qu'il ne s'est pas attendri. Il a pris une voix autoritaire et il a posé la main sur son épaule.

– Je suis curé à l'hospice Saint-Lazare. C'est donc à l'hospice que je vais vous emmener, où l'on vous donnera un lit et des draps. Quant à votre petit garçon, Séraphine, que vous voyez avec moi, en prendra soin. Vous pouvez avoir confiance car elle est logée et nourrie. Votre petit n'aura pas froid, ni faim.

– Dans ce cas, a murmuré Félicie, il sera mieux qu'avec sa mère.

– Il faut essayer de vous lever, a fait le père Sarrault en prenant le bras de Félicie. Vous avez un manteau?

– Non monsieur. Je n'en ai pas besoin. Je ne sors jamais d'ici.

– Vous prendrez le mien.

Félicie ne s'est pas défendue. Elle a endossé le gros manteau noir. Un courant d'air est passé et le père Sarrault a frissonné dans sa soutane. Il a passé le bras sous le bras de Félicie.

– Allons-y. Nous prendrons le temps qu'il faudra, mais ce soir vous mangerez chaud et vous dormirez dans un lit propre.

– Viens là, Mistigri, ai-je dit au petit qui se tenait collé à sa mère. Je vais te trouver une place pendant qu'on soigne ta maman.

– Je sais, a-t-il dit.

C'était la deuxième fois que j'entendais le son de sa voix et j'en étais si contente que je me suis mise à rire.

CHAPITRE HUIT

Félicie cheminait avec peine, appuyée au bras du père Sarrault. Nous allions, Mistigri et moi, trois pas derrière eux. Le soir était tombé. Le froid perçant passait sous les vêtements, nous serrait à la gorge et au ventre. J'ai pressé le pas, remonté jusqu'au père Sarrault et je l'ai tiré par la soutane.

– Je le mets où, ce gosse ? Parce que ce n'est même pas la peine que je demande à Eugène...

Il s'est retourné et m'a regardée. Il avait les yeux vides et le visage terreux d'un vieil homme exténué.

– Je ne peux pas tout faire, Fifi. Débrouille-toi.

Certains moments de l'existence nous apprennent clairement que quelque chose a changé. La nuit envahissait ce qui restait de jour, je patinais sur la terre gelée, un marmot aux basques, et j'ai compris que j'étais grande désormais. S'occuper d'un autre, voilà ce qui me faisait grande, plus sûrement que de passer le balai ou de servir l'absinthe.

– Chez Jeanne ? ai-je hasardé. Elle m'a bien gardée, moi. Elle pourra me le loger quelques jours.

Il a hoché la tête.

– Essaie donc. Elle va crier bien fort, mais je la connais, elle te le prendra.

Il a continué sa route, nous laissant derrière lui.

Je l'ai regardé s'éloigner. Félicie était une grande ombre noire penchée sur lui, ils tanguaient un peu tous les deux. J'ai pensé à ma pauvre maman. «Sainte Rita, ai-je dit dans mon cœur, tout le monde ne peut pas être orphelin en même temps sur la Butte. Comptant que je le suis, déjà, orpheline, il serait juste que Mistigri ne le soit pas. Ainsi, le ciel fera moitié-moitié, ce qui est un bon compte, et bien équilibré.» Mistigri, qui n'est qu'un enfant sans conscience, a interrompu ma prière.

– Je ne vais pas chez Jeanne.

– Quoi?

– Elle crie.

Dire que je l'avais cru sourd...

– Et alors? La belle affaire... Elle a crié sur moi, et tu vois, je suis toujours là.

Mistigri n'a pas répondu. Ce qui ne m'a pas rassurée, loin de là. Je le connaissais assez pour prévoir ce qui allait se passer. Il se laisserait faire sans mot dire, et le jour venu, il prendrait la clé des champs pour retourner à ce qu'il connaissait: la rue. Un petit bout comme ça lâché dans l'hiver... Je le retrouverais au soir, pris dans un glaçon, raide mort.

– Mais où veux-tu que je te mette, bon sang de bois?

Je marchais du mieux que je pouvais pour me défendre du gel. Le ciel était de plus en plus sombre et on n'y voyait plus grand-chose. Eugène allait m'arracher les oreilles à mon retour. Et ce sale gosse teigneux ne voulait pas de Jeanne. Si elles n'avaient risqué de me brûler les yeux, j'aurais laissé déborder les larmes qui m'encombraient.

– Déjà que tu es pauvre, déjà que tu es sale, déjà que ta mère s'en va du poumon et en plus tu me fais des manières ?

À râler, je ne faisais pas attention à ma route. C'est le petit qui m'a arrêtée.

– Regarde ! a-t-il lancé en tendant le bras. L'arbre aux chiffons !

Il était là. À quelques mètres. L'arbre. Le givre avait recouvert ses branches et poudré ses mouchoirs. Il les avait talqués de blanc, ce qui leur donnait dans l'ombre des nuances pâles et comme attendries. Je n'ai fait ni une ni deux, je me suis agenouillée.

– Toi aussi ! ai-je ordonné à Mistigri. À genoux. Oui, là, sur le chemin. Répète après moi : « Sainte Rita ».

Mistigri s'est exécuté.

– Sainte Rita.

– Nous sommes dans le purin.

– Nous sommes dans le purin.

– Non... Arrête de répéter bêtement, tu vas l'énerver. Maintenant, c'est moi qui cause. Si vous me logez ce gosse, je promets de vous offrir ce que j'ai de plus précieux au monde...

– Quoi ? a demandé Mistigri, très intéressé.

– Mon beau coupon de soie blanche, que m'a offert ma marraine qui fait commerce à Paris. Je n'ai rien de mieux, excusez-moi, c'est à prendre ou à laisser.

Nous avons attendu tous les deux sur nos genoux gercés, et j'ai pensé que le gel allait nous saisir pour nous transformer en statues. Un souffle glacé est passé sur nous. Nous claquions des dents avec un bruit de cuillères que l'on cogne. Il faisait si froid que je croyais voir flotter des ombres blanches. Sainte Rita devait être du nombre, mais je n'ai pas eu le temps de la saluer. Elle, en revanche, m'a bien reconnue. Par sa sainte intervention, l'idée m'est venue, si facilement que je me suis étonnée de ne pas l'avoir trouvée toute seule.

– C'est fait, ai-je dit à Mistigri en me redressant. Tu peux te relever. Je sais où t'emmener.

Mistigri n'a pas bougé d'un pouce.

– Mistigri ?

– Laisse-moi, a-t-il murmuré. Je vais m'endormir.

Sous son mauvais paletot, il tremblait de tout son corps. Je me suis penchée sur lui. Quand je l'ai pris dans mes bras, il a eu un petit sourire. Il s'est détendu, il est devenu mou comme une chique et il a fermé les yeux. J'ai saisi ses bras et je les ai passés autour de mon cou. J'ai posé ensuite ses jambes, qui étaient étrangement lourdes, autour de ma taille. Ce n'était pas en vain car je l'ai senti qui se serrait faiblement contre mon torse. J'ai fermé les bras sur lui, du mieux que j'ai pu.

Quand il a été bien collé contre moi, j'ai levé la tête vers le ciel, qui était noir et profond comme un puits. « Rita ! ai-je crié. Rita ! Je te préviens ! Si le gosse meurt, c'est tant pis pour ton arbre ! Je te jure que je le scie à la racine et que je pisse sur la souche ! Tu te le tiens pour dit ! »

J'ai frappé à la porte, le poing fermé. Si j'en avais eu la force, je l'aurais cassée en son milieu. J'ai attendu l'éternité, le gosse pendu à mon cou. Enfin, Raoul s'est décidé à ouvrir. Il nous a vus. Il est resté immobile. Il n'a pas dit un mot. Il nous regardait, sur mon âme, comme si nous étions des gargouilles.

On voyait danser, derrière lui, la lumière d'un feu de bois et la flamme de quelques bougies. La porte ouverte laissait venir une chaleur si douce que j'ai senti mes jambes fléchir. Qu'est-ce qu'il attendait, cet âne, pour nous faire entrer ?

– Raoul, je viens pour le petit...

Là-dessus, mes jambes sont parties sous moi. Je me suis retrouvée sur le derrière, Mistigri toujours cloué à moi comme une tique. Mes yeux se sont fermés, je crois que c'était de fatigue.

– Achille ! a crié Raoul. Achille, viens voir ici !

Était-il bête, celui-là, d'appeler ! Est-ce qu'il n'était pas plus simple de nous ramasser ? On aurait dit qu'il avait peur. Les gens, il faut croire qu'il n'en voulait qu'en peinture.

Des bras m'ont soulevée du sol. D'autres bras ont détaché Mistigri de moi. J'ai entendu la porte se refermer et, quand j'ai ouvert les yeux, j'étais allongée sur une belle banquette, une couverture sur les jambes. Devant le feu, trois hommes s'affairaient autour de Mistigri. Le plus grand avait ôté son paletot et lui frottait le corps avec un linge. Le plus jeune avait retiré ses bottines et lui frottait les pieds. Et Raoul se tordait les mains en les regardant faire.

– Apporte-moi les briques qui chauffent au bord de la cheminée, lui a lancé le plus grand, et c'était Achille.

– Le petit se réchauffe, a ajouté le plus jeune, que je n'avais jamais vu. Raoul, tu peux arrêter tes poses de femme au Calvaire. Il est tiré d'affaire.

Raoul a déposé les briques devant Mistigri. Avec précaution, le jeune homme en a approché les pieds du petit.

– Va doucement, Jacques, a conseillé Achille. Il est encore tout raide de froid.

Elles devaient être chaudes et douces, ces briques, parce que Mistigri s'est laissé faire. Il a posé les pieds dessus avec un soupir d'aise. Voyant qu'il allait mieux, Achille s'est tourné vers moi.

– Alors, mademoiselle Séraphine... a-t-il fait avec un bon sourire.

– Séraphine, a remarqué Jacques, est un joli prénom pour un ange qui arrive avec le soir.

– Est-ce que c'est une heure pour visiter les peintres ? a demandé Raoul, le visage indigné, les poings sur les hanches.

J'ai failli m'excuser, et me lever pour partir, mais les deux autres se sont mis à rire, et j'ai compris qu'il plaisantait.

– Mais je ne peux pas m'en occuper... a protesté Raoul. Je suis à peine capable de prendre soin de moi !

Il m'énervait, à se défendre. Il n'aurait pas été plus réticent si on avait voulu lui refiler un ours.

– Ce n'est pas difficile. Il a besoin de chaleur et de nourriture, le plus souvent possible. Mais il ne faut pas crier devant lui. C'est la seule chose à laquelle il faut faire attention.

Je n'ai parlé ni des poux, ni des puces, ni des petits inconvénients dont Raoul aurait bien assez tôt connaissance. Il ne servait à rien de l'effrayer avant l'heure.

– Combien de temps?

– Le temps que sa mère lui revienne.

– Qu'est-ce que je vais en faire, de ce gosse... Si encore j'avais une femme à la maison...

Achille s'est mis à rire.

– Il ne tient qu'à toi de régler la question! Je connais, moi, une femme qui serait toute prête à venir s'installer chez toi, si tu lui offrais la bague qu'elle convoite...

Raoul a levé les bras.

– Tu veux bien te taire!

– Ah, monsieur! ai-je fait. Le soin d'un enfant, voilà une bonne occasion de vous marier. Ce sera chose faite, et vous n'aurez plus à vous en soucier. N'est-ce pas, Mistigri?

Assis devant le feu, Mistigri jouait avec des brindilles. Il n'a pas daigné lever le museau. Il n'usait de la parole qu'en cas d'urgence.

– Il est sourd? s'est inquiété Raoul.

– Non. Il parle quand ça lui chante.

– Ça promet, a soupiré Raoul.

Le jeune homme qu'on appelait Jacques s'était assis à côté de Mistigri et lui tendait de petits bouts de bois que l'autre jetait dans les flammes. Je lui trouvais une belle figure, et une belle allure. Et par-dessus tout un air tendre qui lui procurait de la distinction.

– Comment se nomme ce petit gars ?
– Mistigri, ai-je répondu sans penser plus loin.
Il a eu un sourire amusé, comme si je plaisantais.
– Il a sûrement un prénom, n'est-ce pas ?
– Vous avez raison. Il s'appelle Jules.
– Alors, Jules, veux-tu que je te donne un bon morceau de pain avec du beurre et du sucre ?
Maintenant que j'étais un peu réchauffée, je laissais mes yeux aller autour de moi. Des peintures étaient accrochées aux murs et d'autres, posées au sol. Sur toutes, on voyait des gens qui se livraient à des gestes de tous les jours. Il n'y avait là rien de bien intéressant, parce que toutes ces images ne montraient que des choses ordinaires, des gens au cabaret, au travail ou à la cuisine. Quel besoin d'un peintre, si c'est pour montrer cela ? Il suffit d'ouvrir les yeux le matin pour en voir autant. Je cherchais partout ma Lolotte, mais je ne la trouvais pas, ce qui me causait un peu de déception.
– Tu l'as vue, ta marraine ? a demandé Raoul qui suivait le manège de mes yeux. Est-ce que je ne l'ai pas bien rendue ?
J'ai recommencé à regarder.
– Pardon, monsieur, mais je ne la vois pas.
– Mais enfin, petite sotte ! Là, sous ton nez…
– Où ça, sous mon nez ?
– Partout… Elle est partout…
J'étais très embarrassée parce que, si je voyais des femmes, je ne voyais pas de Charlotte.
– Celle-là, qui se promène devant la gare…
– C'est Lolotte ?
J'ai fait un grand sourire.

– Maintenant que vous me le dites, je la reconnais bien.

En fait, je ne reconnaissais rien du tout, mais je ne voulais pas faire de peine à Raoul, surtout maintenant qu'il me prenait Mistigri.

– Elle est bien jolie, ai-je ajouté.

Ce n'était pas vrai, la femme était vilaine comme tout. Son visage était triste et pointu, et son corps semblait celui d'un épouvantail. Il n'y avait que les robes pour me rappeler ma chère marraine. Malheureusement, elles n'étaient pas très bien dessinées, et on ne pouvait deviner la valeur des tissus.

– Vous êtes un grand peintre, ai-je dit avec beaucoup de bonne volonté, et je vous trouve bien du talent.

– C'est aussi ce que je pense, a fait Jacques, qui me tendait un morceau de pain couvert de cassonade. Raoul, il faut que tu nous fasses un prix pour cette dernière série.

Un peu de cassonade m'est tombée sur les genoux. Je trouvais Raoul bien habile de prendre de l'argent pour des images ordinaires de personnes sans avantages. S'il n'était pas un vrai peintre, c'était un vrai commerçant. J'aurais aimé qu'Eugène puisse voir ça.

Eugène. Je l'avais presque oublié, celui-là. J'ai bondi de ma banquette.

– Il faut que je parte, ai-je dit. Les clients doivent remplir la salle… Mes patrons vont me sonner les cloches, et à toute volée encore…

– Attends, a proposé Achille. Je vais t'accompagner. Je m'installerai au comptoir et je commanderai des fines. Ainsi, ils ne voudront pas t'ennuyer.

Pendant qu'Achille cherchait sa veste et son manteau, je suis allée à Mistigri pour lui dire au revoir. Il a frotté son museau contre ma joue.

– Je viendrai te voir demain, ai-je murmuré à son oreille. D'ici là, ne fais pas de bêtises. Profite de l'endroit, Raoul est peut-être idiot, mais il n'est pas méchant.

C'est quand je me suis relevée que j'ai remarqué, nouée à la poignée de l'armoire, une belle écharpe brillante que j'avais vue, à plus d'une occasion, enroulée au cou de Lolotte.

– Voulez-vous que je prenne l'écharpe? ai-je proposé à Raoul. Elle a dû l'oublier. Je pourrais la lui rendre.

– C'est inutile, a dit Achille qui avait enfilé son manteau. Ta tante vient ici quand elle veut.

– Elle pose à sa convenance?

– Elle n'a plus besoin de poser pour qu'on la fasse entrer.

– Alors, ai-je demandé à Raoul, c'est qu'elle est votre amie?

– D'une certaine façon, oui, a consenti Raoul.

Il regardait le sol comme s'il venait d'y laisser tomber quelque chose.

– Raoul, tu es un imbécile, a fait Achille. Tu devrais enlever cette fille de l'endroit où tu l'as trouvée et la prendre chez toi. Qu'est-ce qu'elle fait encore là-bas?

– C'est elle qui ne veut pas! a protesté Raoul. Elle ne me fait pas confiance.

– Elle a raison.

– Elle veut des preuves.

– Eh bien ! Donne-lui une preuve. Épouse-la.

– L'épouser ?

Raoul a pris un air stupéfait. Comme s'il n'arrivait pas à penser qu'il était seulement possible d'épouser ma tante. Une belle fille comme elle. Bien habillée. Parfumée comme un printemps. Travailleuse. Aimable. Pieuse. J'ai eu très envie d'aller jusqu'à lui et de lui coller une claque en pleine figure. Achille semblait aussi fâché que moi.

– Et pourquoi pas ? J'épouse bien Berthe…

– Berthe ? Ta blanchisseuse ?

– Comme tu prononces les mots… On dirait que tu les vomis. As-tu des reproches à faire aux blanchisseuses ? Sont-elles moins dignes que les autres d'être épousées ?

– Mais elle n'a ni bien ni famille ! Que dira ton père ? Il en mourra…

– Mon Dieu, a fait Achille en haussant les épaules, il faut bien mourir de quelque chose…

– Quand même…

Jacques les regardait, un sourire moqueur au coin des lèvres.

– Je te trouve bien bourgeois, Raoul, pour un artiste. Je te croyais l'esprit plus large.

– Vous me fatiguez, les socialistes, avec vos leçons de morale, a grommelé Raoul.

– Raoul, a dit Jacques très doucement, je ne suis pas socialiste, pas un instant, et tu le sais. Mais vois-tu, je suis un aristocrate, et c'est ce qui me permet de te voir pour ce que tu es, un bourgeois étroit et timoré.

Je n'ai pas voulu demander à Jacques ce qui le faisait aristocrate. Je ne tenais pas à passer pour une ignorante. Et d'abord, qu'est-ce que c'était qu'aristocrate? Une qualité? Un métier? Une forme de religion? Peut-être l'étais-je aussi, aristocrate, sans le savoir. Je le voulais bien. J'aurais été heureuse de partager quelque chose avec Jacques. Quelque chose que Raoul ne possédait pas, et qui nous aurait fait tous deux semblables, et différents de lui.

Je marchais vivement. Maintenant que j'étais nourrie et réchauffée, j'allais comme un oiseau ivre. Je ne sentais plus le froid et je pépiais sans m'arrêter. Achille avait glissé les mains dans ses poches et marchait à mon côté. Je me trouvais chanceuse d'aller en compagnie d'un homme si grand, si cossu, et vêtu d'un si beau manteau. Si j'avais eu un père, j'aurais aimé qu'il lui ressemble.

– D'abord, j'ai pensé le donner à Jeanne. Après tout, elle m'a élevée et elle est moins sotte que Raoul, mais le petit a eu peur qu'elle se mette à crier. De mon côté, j'ai eu peur qu'il lui prenne l'idée de s'enfuir, vous comprenez, le froid tue les enfants plus vite encore que les grands, sans compter que la mère est malade...

– Je ferai venir mon médecin à l'hospice, a dit Achille.

– Vous en avez de la chance, monsieur, d'avoir un médecin à vous et l'argent pour le faire déplacer, vous aviez également promis de me donner un livre, j'espère que ce sera chose faite un jour ou l'autre, même si le médecin passe avant le livre, c'est chose entendue...

Il m'a interrompue, sans grande politesse, comme si mon propos devait durer toujours et qu'il l'intéressait fort peu.

– Séraphine, personne ne t'a jamais parlé de la Commune ?

– Oh si, je sais que l'église qui sera construite en haut de la Butte fera oublier le sang de tous les fusillés, je sais aussi que les braves se sont battus pour garder les canons de Paris, et que les versaillais, qui sont des Français comme les autres, sans oublier qu'ils sont aussi des traîtres, les ont livrés comme des bêtes à l'abattoir, et tout s'est terminé dans les pleurs et les morts, si bien que plus personne ne veut en parler, surtout pas à moi...

– Séraphine, sais-tu que Jeanne était de la Commune ?

– Je m'en doutais bien, à cause de cette tête qu'elle fait quand on en parle devant elle.

– Le sais-tu pour ta mère ? Pour ton père ?

– C'est ce que j'ai compris, à cause des phrases qui échappent et qu'on ne peut pas rattraper. Mes parents voulaient changer le monde, je l'ai appris parce que je leur ressemble, mais la vérité est qu'ils sont tout à fait morts à l'heure qu'il est, que le monde n'a pas changé du tout et que moi je suis orpheline...

– Séraphine, je peux te faire connaître des informations tout à fait secrètes sur ta famille. À condition toutefois que tu sois assez courageuse pour les entendre...

– Monsieur Achille, vous savez bien que je n'ai pas froid aux yeux…

– Il faudra te rendre avec moi un soir à Paris.

– Je demanderai sa permission à Eugène…

– Non, Fifi. Eugène ne doit rien savoir, ni Marthe. Il faudra filer sans qu'ils s'en aperçoivent.

Nous étions arrivés devant le café. La grande fenêtre était tout éclairée, la salle semblait déjà bien remplie. Je me suis arrêtée et j'ai posé les mains sur les bras d'Achille.

– Pourquoi faudrait-il que je vous suive ? Pour votre bonne mine ? Ou pour ce livre que vous m'avez promis et que j'attends toujours ?

– Tu me suivras, a dit Achille, parce que je suis le seul à pouvoir te conduire, et que vous serez deux. Jeanne viendra avec nous.

À peine avions-nous poussé la porte qu'Eugène est sorti de son comptoir. Il a traversé la salle et s'est avancé vers nous d'un air menaçant. Je m'attendais à ce qu'il m'envoie une taloche, en conséquence de mon arrivée tardive, mais c'est sur Achille qu'il est tombé.

– Une gamine ! a-t-il crié en l'attrapant par le revers de son manteau. Tu n'as pas honte ? Regardez-moi ça ! Un bourgeois pourri de vices…

– Eugène ! Eugène ! Calme-toi ! C'est l'ami de Lolotte !

– Je m'en doutais ! Un de ces dégoûtants qu'elle entraîne jusqu'ici…

Les clients avaient tourné la tête vers nous et paraissaient très intéressés par la tournure des événements. Achille a saisi le poignet d'Eugène et l'a éloigné de son manteau. Lui qui avait l'air si calme un instant plus tôt semblait soudain furieux et menaçant.

– Monsieur, a dit Achille à voix basse, je vous conseille de m'écouter tranquillement, faute de quoi nous serons obligés d'en venir aux mains, ce qui sera dangereux pour vous, j'en ai peur, car je suis entraîné à la boxe.

Ils avaient l'air bien partis pour s'empoigner. Je craignais pour Eugène, qui ne ferait pas le poids contre un homme dans la force de l'âge. Il ne pensait qu'à me défendre, ce brave vieux, et à me protéger, même s'il s'y prenait comme un manche à balai.

– Eugène, ai-je fait en me précipitant sur lui et en m'accrochant à sa taille. C'est moi qui vais t'expliquer. Tout est venu de Félicie qui a la guigne…

Quelques bonnes minutes plus tard, j'essuyais des verres, Achille était accoudé au comptoir et Marthe lui servait des fines à l'eau. Eugène allait et venait dans la salle, nous adressant au passage de petits signes de tête. Nous étions devenus amis, par la grâce de cette pauvre Félicie que nous avions tous à cœur de plaindre. Achille contemplait la salle.

– Fifi, a-t-il dit sans me regarder ni même bouger les lèvres, il faudra que tu m'attendes, avec Jeanne, en bas de la rue Lepic.

– Oui, ai-je dit de la même manière discrète (je me suis penchée sur le comptoir tout en feignant d'astiquer un verre). Mais quand ?

– Dans trois jours à compter d'ici. Je la ferai prévenir.

– Je m'arrangerai, ai-je murmuré.

Je m'efforçais si bien de me dissimuler que j'en ai oublié le verre que je frottais. Il a glissé du torchon et il est tombé au sol, où il s'est brisé en mille petits morceaux clairs et coupants.

– Sept ans de bonheur ! s'est exclamé Achille.

– Veux-tu ramasser tes bêtises ? a grondé Marthe à l'autre bout du comptoir.

Le service était fini, la salle débarrassée, les patrons couchés et la nuit bien avancée. Accrochées au plafond du ciel, les étoiles brillaient cruellement, semblables aux éclats du verre que j'avais malheureusement cassé plus tôt en soirée.

Avant de me glisser sous ma couverture, j'ai ouvert le petit coffre et j'en ai sorti l'écharpe blanche de Lolotte. Je l'ai dépliée devant moi. Elle était légère et douce. Je l'ai frottée contre ma figure. Jeanne avait raison, le tissu était trop joli pour moi. C'est une chose étrange que certains vêtements habillent naturellement les uns tandis qu'ils déguisent les autres. De la soie, il fallait être née dedans pour la porter à son aise. De quoi aurais-je eu l'air, moi qui étais sans élégance, dans une robe faite pour une autre, plus fine et mieux née ?

Il conviendrait mieux à une personne plus haut placée que moi. « Sainte Rita, ai-je dit en repliant l'écharpe, je n'ai qu'un mot à dire et c'est merci. N'oubliez pas de veiller sur le petit Jules, sur sa maman, sur mes amis et sur Jacques et moi-même, qui sommes aristocrates. Je vous déposerai l'écharpe quand j'aurai un moment. Je le ferai de bon cœur car je la trouve toujours aussi belle. Aussi j'espère qu'elle vous conviendra. »

CHAPITRE NEUF

On s'habitue vite à faire ce qu'on veut de son temps. Mes escapades des jours derniers m'avaient donné le goût de la liberté, et son mode d'emploi. À condition de me montrer bonne travailleuse, et de prévenir Eugène, mes patrons me laisseraient par-ci par-là une ou deux heures dont je pourrais user à ma guise. Le tout serait de bien présenter l'affaire.

– Il me faudrait voir le petit de Félicie, ai-je donc dit à Marthe au matin. Ce n'est pas que je n'ai pas confiance en Raoul, mais enfin, je me méfie.

Marthe était si soulagée de n'avoir pas à accueillir ce marmot pouilleux qu'elle m'a accordé la permission de sortie sans négocier. Mais elle voulait me voir rentrer avant le soir, quand les clients arrivent en groupe.

J'ai pris mon heure au milieu de l'après-midi, et ce n'était pas mal choisi. Le soleil qui se cachait depuis le matin pointait entre les nuages. Ce n'est pas qu'il chauffait, mais il éclairait un peu.

Cette fois, je n'ai pas eu à frapper des heures pour que Raoul daigne m'ouvrir sa porte. À l'intérieur, le feu brûlait déjà. Mistigri était vissé au bord de la cheminée. On aurait dit qu'il n'avait pas bougé depuis que je l'avais laissé. La pièce était rangée, les meubles débarrassés du fatras qui les couvrait la veille. À la porte de l'armoire, l'écharpe de Charlotte avait disparu. Et pour cause. Car c'est Charlotte tout entière qui était là, impériale, trônant sur la banquette où je me trouvais si bien quelques heures plus tôt.

– Bonjour, toi, a-t-elle fait quand je suis entrée. On peut dire que tu en inventes tous les jours ! Tu places les enfants, maintenant ?

– Ce n'est pas de mon fait, me suis-je défendue. C'est à cause du père Sarrault qui a emmené la mère. Je ne voulais pas ennuyer Raoul, je ne voulais pas t'ennuyer, mais je n'avais pas beaucoup d'autres…

– Ne t'excuse pas, bécasse. Je ne te cherchais pas de mal. Il est très bien ici, ce gosse.

Bien, certainement, il l'était. C'est qu'il n'en faut pas beaucoup pour requinquer un petit enfant. Une nuit au chaud et un bon morceau de pain suffisent à transformer un rat affamé en bonhomme prospère. Celui-là avait les joues roses et gardait sur le visage un sourire paisible que je ne lui avais jamais vu. Je l'ai regardé avec attention.

– Lolotte ! Tu l'as lavé !

Elle a posé sur moi un regard triomphant.

– Savonné, frotté, rincé, essuyé, parfumé… Et ça n'a pas été facile. Il n'avait jamais vu l'éponge, ce gosse. Ou alors, il avait eu le temps de l'oublier.

– Parfumé ?

J'ai collé le nez dans le cou de Mistigri, dont la peau exhalait une odeur fleurie, fort différente de celle qu'elle présentait d'ordinaire. Mistigri a secoué la tête et froncé le nez.

– De l'essence de lavande, a précisé Lolotte. Pour éloigner les poux. Ce pauvre Jules n'aime pas beaucoup qu'on le passe à la lavande. Hein, Jules ?

Jules n'aurait pas dû répondre à Charlotte, puisqu'il ne répondait à personne. Jules aurait dû rester assis sur ses fesses, à fixer le feu. Mais il s'est levé, il est allé vers Charlotte et s'est assis à côté d'elle.

– Jules aime Lolotte, a-t-il dit d'une voix distincte.

Charlotte lui a passé une main dans les cheveux, comme si tout était normal, comme si cet animal de Mistigri passait sa vie à babiller et à faire des grâces et des compliments. La surprise était si forte que je n'ai même pas songé à en être jalouse.

– Mais, Mistigri, tu parles à Charlotte ?

– Je m'appelle Jules, a-t-il répondu.

De la fureur ou de l'amusement, je ne sais pas ce qui m'a cloué le bec. Je les ai regardés tous les deux qui se cajolaient. Pas besoin d'être grand artiste pour constater qu'ils faisaient ensemble un joli tableau. Comme ni l'un ni l'autre ne me prêtait d'attention, je me suis adressée à Raoul.

– Pour un homme qui préfère dessiner des choses ordinaires, vous avez là un bon modèle, ai-je dit civilement.

– Je sais, a approuvé Raoul qui gardait lui aussi les yeux rivés sur la banquette. J'y pense depuis ce matin. Renoir en peint depuis des années, des maternités, et il commence à avoir une petite renommée…

– Il est marié, Renoir, a fait Charlotte, du fond de sa banquette.

– Si on va par là, a rétorqué Raoul, je connais un

petit gars d'Albi qui peint des filles en maison, toute la journée. Et ses nuits, il les passe au cabaret. Autant te dire qu'il est plus sérieux que moi, qu'il réussira plus vite et qu'il ne se mariera pas.

– Et alors? Moi, je connais Pissarro qui a une femme, dix gosses, et un régiment de camarades, et que ça n'empêche pas de travailler.

– Zut, a fait Raoul.

– Épouse-moi, a dit Lolotte.

– Épousez-la, Raoul, ai-je ajouté. Cessez de vous montrer aussi terriblement bourgeois.

Rassurée sur le sort de Jules, anciennement Mistigri, je n'ai pas trouvé bon de m'attarder. Je ne tenais pas plus que cela à assister aux conversations de Charlotte et de Raoul. D'un côté, je voulais bien croire que Charlotte avait grand intérêt à épouser son peintre, ne serait-ce qu'en vertu de l'héritage de son père qu'il finirait par toucher un jour. De l'autre, je regrettais que, pour se marier, elle doive en passer par lui. S'il était amusant à ses heures, il n'était pas aussi courageux qu'Achille, pas aussi aimable que Jacques. Il manquait d'âme, en quelque sorte.

Il me restait une bonne demi-heure à dépenser, et c'est bien lentement que j'ai repris le chemin du café. J'avais emporté, dans un fichu noué aux coins, l'écharpe de sainte Rita. Je n'avais pas dans l'idée de m'en séparer le jour même. Je comptais tout au plus m'habituer à l'idée de l'offrir. Mais les choses se sont faites d'elles-mêmes, parce que le moment les commandait. Je suis passée devant l'arbre. Les mouchoirs pendouillaient aux branches, moins glorieux au jour que dans la nuit et sous le givre. De pauvres offrandes, laissées par des miséreux.

J'ai pensé avec fierté à l'écharpe que je tenais dans mon fichu. Une fois dans l'arbre, elle se fondrait dans l'hiver, assortie au givre, à la neige et aux ciels blancs. Elle conforterait le cœur des passants, elle les encouragerait dans leur dévotion. Elle serait l'étendard immaculé de Rita.

À force d'imaginer, je me suis convaincue moi-même de l'excellence de ma décision. Et puisque j'en avais le temps, j'ai décidé d'accomplir sur-le-champ ce à quoi je m'étais engagée.

J'ai quitté le chemin. Je suis allée jusqu'à l'arbre et j'ai dénoué le fichu. L'écharpe tiède réchauffait le bout de mes doigts glacés. Me hissant sur la pointe des pieds, j'ai tendu le tissu sur les branches. Pour qu'il tienne solidement, j'en ai noué les coins. Ainsi accroché, il était comme la voile d'un bateau conquérant. Le vent qui passait dessinait des vagues dans la soie.

Mon travail achevé, je me suis éloignée et je l'ai contemplé. Drapé, l'arbre était magnifique. J'étais absorbée dans ma contemplation et je réfléchissais aux mots d'une prière de nature à enchanter sainte Rita, quand une main s'est abattue sur mon épaule. Une voix familière a retenti à mon oreille.

– Fifi, on peut savoir ce que tu fabriques?

– Je remercie sainte Rita.

Je n'ai pas honte de dire que je gardais les yeux au sol. Qui, à ma place, aurait voulu affronter le regard de

Jeanne ? Elle se tenait devant moi, droite et raide, et m'observait, le sourire aux lèvres.

– Tu es bien pareille à ta tante, a-t-elle remarqué. Pieuse et sotte.

– J'aimerais me montrer aussi aimable qu'elle.

– C'est son coupon, n'est-ce pas ?

– Je n'avais rien d'autre à offrir.

– Au moins, maintenant qu'il est pendu, tu n'auras plus à rêver à des robes de bal, ni à ces sornettes qu'on te met dans la tête…

– Jeanne, ai-je dit, je sais bien que je ne trouverai personne pour m'emmener au bal. Tu es méchante de me le rappeler. Je ne t'aime pas et je te demande de me laisser aller.

J'ai ramassé mon fichu, je l'ai plié en quatre et j'ai repris mon chemin. Je croyais m'en être débarrassée mais elle a couru derrière moi.

– Fifi ! Ne fais pas la mauvaise tête ! Je ne veux pas te faire de la peine. Je veux t'instruire.

– J'ai changé de patrons, je n'ai plus rien à faire de tes instructions.

– Fifi ! Écoute-moi ! Je sais que tu connais Achille !

La sorcière. Elle savait le mot, le seul qui pouvait m'arrêter. J'ai fait volte-face.

– Quoi, Achille ?

– Il est passé me voir, hier au soir. Je sais qu'il t'emmène au faubourg. Il faut que je te parle, Séraphine. Il faut que je t'annonce ce que tu vas faire là-bas.

Je me suis assise sur mon vieux tabouret. J'avais oublié à quel point il était inconfortable. J'ai constaté avec satisfaction que je n'éprouvais plus aucune nostalgie pour la petite baraque où j'avais vécu. Elle était pourtant pareille, jusque dans le détail. Mais le temps avait passé et elle ne m'appartenait plus, pas plus que je ne lui appartenais. Il faut croire que j'avais changé, en quelques semaines, et que je n'étais plus la même. Jeanne s'est assise en face de moi.

– À nous deux, Fifi, a-t-elle dit.

Là-dessus, elle s'est mise à parler, parler, parler... Jusqu'à ce que la nuit tombe, sans mentir. Je l'ai si bien écoutée que j'en ai oublié Marthe et Eugène. Disons qu'ils me sont sortis de l'esprit. Qu'ils ne comptaient plus pour grand-chose. Je me fichais bien d'être en retard, ni même de jamais retourner chez eux. Je ne voulais rien d'autre qu'écouter Jeanne. Elle parlait vite, ma vieille patronne. On aurait dit qu'elle voulait rattraper le temps. Et il y avait du travail... Elle est remontée avant ma naissance. Un an avant que je mette le nez dehors. À l'année 1871. À la Commune.

– C'est ton père que j'ai rencontré le premier. Ta mère, je ne l'ai connue qu'ensuite. Nous avons fait la révolution ensemble, du début à la fin du printemps. Trois mois, de mars à mai. Ce n'est pas un petit boulot, mademoiselle, de faire une révolution. Il faut en renverser, des choses, pour supprimer la misère... Sans compter les Prussiens à nos portes, qui nous faisaient le siège depuis des semaines. On mangeait le rat, dans Paris. Dans ces conditions, on n'a pas l'esprit libre pour réfléchir sereinement. Il faut faire au plus pressé, révolutionner d'un côté, se défendre de l'autre...

Ce qui restait de lâches dans la ville a filé. Ne sont restés que les braves les rêveurs et les imbéciles. C'est à l'époque que j'ai rencontré Achille. Il n'était pas plus vieux que Jacques. On le remarquait, ce gamin trop bien vêtu, les mains enfoncées dans les poches, qui observait tout et ne disait rien. Je me demandais d'où il sortait, avec son sourire impassible et ses gants. Il avait beau faire le mystérieux, j'ai fini par comprendre qu'il ne sortait que de chez lui. Il avait laissé ses parents filer à la campagne, et il avait choisi de rester.

Se battre, ici, ça n'a jamais fait peur. Il y avait eu des répétitions, 1789, 1830, 1848… Cette fois serait la vraie, la bonne, la juste, la révolution vraiment révolutionnaire… On y a cru, ma fille… Pas longtemps. Mais très fort. De toute cette croyance est sorti un rêve. Pour le reste, rien n'a changé : les misérables sont restés misérables, et les riches sont restés riches.

Mais le rêve est resté. C'est solide, un rêve. On ne le fusille pas, on ne le déporte pas, on ne l'emprisonne pas. Il faut inventer des méthodes spéciales contre lui. Pourquoi crois-tu qu'ils nous construisent cette horreur là-haut ? C'est que, une fois posée sur nos têtes, elle nous fera passer l'envie de rêver à nouveau. Le Sacré-Cœur sera comme une paire de fesses écrasées sur Montmartre, comme un couvercle sur un chaudron. Et puis, il offrira de faux rêves à qui sera assez sot pour les prendre. Des rêves épuisés, des rêves de pauvres gens, des rêves qui vous conduisent sagement à la mort, dans l'attente du paradis. Mais Fifi, si l'enfer existe certainement sur la terre, il n'y a pas de paradis dans le ciel. Il n'y a que cette folle de Charlotte pour croire ça...

– Qu'est-ce que tu as encore contre Charlotte? Elle m'a trouvée, elle, à l'hospice. Et puis, il a bien fallu qu'elle te trouve, toi. Le savais-tu seulement, que j'étais la fille de mes parents?

Jeanne a haussé les épaules. Charlotte, pour elle, ne comptait pas pour grand-chose. Elle n'était pas à Paris, pendant qu'on s'y battait. Elle vivait à Rouen, auprès de ses parents. C'est de Rouen qu'elle avait appris le soulèvement, et le massacre qui avait suivi. Ce que l'armée n'était pas parvenue à faire contre les Prussiens, elle l'avait réussi contre les Parisiens.

Les généraux ont rassemblé aux portes de la ville une troupe de soldats et de paysans à qui ils ont donné l'ordre d'entrer et de nettoyer les rues. Rue par rue, ils ont avancé, fusillant sur leur passage tous ceux qui s'y trouvaient. Tous les pauvres gens qui avaient le malheur d'être ramassés y sont passés. Il n'y a eu de grâce pour personne, ni hommes, ni femmes, ni vieillards, ni enfants. Quand ils étaient trop nombreux, et que le fusil n'y suffisait plus, la mitraillette prenait le relais. Voilà comment on assassine, en quelques jours, trente mille personnes. Les corps s'entassaient plus vite qu'on ne pouvait les ensevelir. Plusieurs jours durant, la Seine a coulé rouge, du sang des communards.

– Mon mari, a dit Jeanne, a été emmené. Je ne l'ai jamais revu. Et pendant ce temps-là, ta Charlotte repassait ses robes à Rouen.

– Mais ma mère? Elle n'a pas été fusillée, ma mère…

C'est Jeanne qui l'a sauvée. Qui l'a traînée avec elle et deux autres femmes dans une cave, où elles se sont terrées des jours durant. Quand elles sont ressorties à la lumière, les rues de Paris étaient dévastées, leurs hommes avaient disparu, et ma mère avait pris aux poumons le mal qui devait l'emporter. Elles sont remontées vers la Butte, croisant au long des rues des files d'hommes et de femmes enchaînés qu'on emmenait pour le bagne. Dans un sens, ils avaient de la chance, ceux-là. Cette vie qu'ils allaient traîner dans des pays sauvages, au moins ils ne l'avaient pas perdue.

Elles ont remonté les colonnes la tête baissée, de peur de reconnaître les prisonniers. Des pleurs, des cris les auraient dénoncées et elles auraient été bonnes pour rejoindre la cohorte.

C'est lui qui les a vues. Il a appelé Jeanne. Un murmure a remonté la file des bagnards jusqu'à elle, l'invitant à lever la tête. Elle a saisi ma mère par le bras :

– Céleste ! Céleste ! Il est là !

Ma mère a pu voir son mari, une dernière fois. Il portait les fers aux mains et aux pieds, il allait attaché à ses camarades comme une bête qu'on mène au maquignon. Leurs regards se sont accrochés l'un à l'autre. Ma mère a montré son ventre, plusieurs fois, du doigt. Mais la colonne continuait d'avancer. Il leur a bien fallu se détacher l'un de l'autre. Quand il a disparu, Céleste ne savait que faire de ses yeux qui ne lui servaient plus à rien.

Un peu avant la Butte, les quatre commères se sont séparées. Mieux valait ne pas rester ensemble. La police veillait. Il fallait disparaître dans les ruines. Recommencer à zéro.

Jeanne, qui ne connaissait rien d'autre que Montmartre, a pris le risque d'y revenir. Ma mère a décidé de retourner à Rouen. Elles se sont donné rendez-vous, pour dans six mois, au même endroit, en bas de la rue Lepic.

– J'aurai le petit, a dit ma mère.

Mais quand Jeanne est revenue, six mois plus tard, Céleste n'était pas au rendez-vous. Et pour cause. Elle était morte.

Ma pauvre mère n'a pas eu la force de partir. Comme elle n'avait plus où aller, après le départ de mon père, elle a traîné dans les asiles de nuit, vivant de la charité. Jusqu'au jour où la fièvre a attaqué si fort qu'elle est tombée de tout son long dans la rue. La chance qu'elle a eue, dans sa misère, c'est de tomber sur le chemin de Jules Sarrault. Dès son plus jeune âge, Jules Sarrault avait pris la décision de n'écouter que son cœur. Ce qu'il fit une fois encore.

Il s'est penché sur la femme, l'a relevée et l'a traînée jusqu'à l'hospice.

– Vous n'y pensez pas ! s'est exclamée la mère supérieure quand le curé s'est présenté avec cette pauvresse livide et efflanquée, qui toussait tout ce qu'elle pouvait. Qui vous dit que ce n'est pas une prisonnière évadée ? Une anarchiste ? Une de ces communardes dont le ciel n'a pas voulu ?

– Vous avez mille fois raison, a soupiré le père Sarrault qui n'était pas curé pour rien (car il avait appris, au séminaire, à manœuvrer les âmes). Mais elle attend un enfant. Si vous la laissez à la rue, l'enfant restera sans baptême. Si vous la prenez, nous baptiserons le petit. Il nous fera un chrétien de plus pour l'Église…

Si elle se méfiait de ses élans charitables (toujours tournés vers les pauvres, ce qui était exagéré), la mère supérieure était émerveillée par l'intelligence de son curé.

– Sarrault, vous avez le don de convaincre. Vous auriez pu faire carrière. À cette heure, vous seriez vêtu de meilleures soutanes. Et vous auriez perdu cette sale habitude de vous commettre avec la populace. Je me demande ce que vous apportent tous ces miséreux, à l'exception des poux et des ennuis.

– Je n'ai d'autre ambition que d'œuvrer à la lumière de votre sagesse, a murmuré le père Sarrault.

Il n'existe aucune limite au plaisir que prennent les grands à être flattés. Aussi la mère supérieure a lancé un long regard aimant à son curé.

– Faites-la coucher dans le grand dortoir, derrière un rideau. Nous ferons notre possible pour sauver l'enfant.

– Comment sais-tu cela? ai-je demandé à Jeanne, qui me paraissait bien informée de choses qu'elle ne pouvait connaître.

– Ce n'est pas parce que Sarrault est un benêt que je ne lui parle pas…

– Jeanne, tu méprises Sarrault, tu méprises Charlotte… Tu es une teigne. C'est eux qui m'ont conduite jusqu'à toi.

– Ils ne l'ont pas fait exprès, crois-moi. Quand Charlotte s'est mise à chercher une femme pour te prendre en nourrice, le bruit a couru par ici qu'on pouvait gagner un peu sans trop se fatiguer. J'ai demandé, elle m'a prise.

– Mais tu savais qui étaient mes parents ?

– Non. C'est petit à petit, en conversant avec le curé, et puis avec ta tante, que j'ai compris. Et puis tu grandissais. Je voyais apparaître sur ton visage les traits de tes parents.

– Est-ce que tu étais contente, seulement ?

– Pourquoi aurais-je été contente ? Tu me rappelais chaque jour que j'avais perdu les miens, mon mari, et tous ceux que j'aimais. Tu poussais stupidement, comme si rien n'avait eu lieu, comme si tout avait été effacé à ta naissance. Tu grandissais sans rien savoir, comme une fleur sur une tombe.

– Si je ne savais rien, c'est qu'il fallait m'apprendre…

– T'apprendre, espèce de bourrique ! Mais t'apprendre quoi ? Qu'il ne restait plus rien ? Qui a envie de raconter à un enfant stupide et ignorant qu'il a vu de ses yeux la Seine au printemps rouler des vagues du sang de ses amis ?

CHAPITRE DIX

– Bon sang, a soufflé Marthe en poussant la porte, je me doutais bien que tu traînais chez Jeanne. Tu veux donc qu'Eugène te flanque une raclée ?

Il faisait nuit et cette pauvre Marthe n'avait qu'un châle sur les épaules. Elle grelottait.

– Entre donc, et ferme la porte, a ordonné Jeanne. Je n'ai pas de quoi chauffer la rue.

– C'est qu'il faut que je la ramène… On a du monde en salle.

– Marthe, je vais te la conduire. Je connais ton Eugène. Il n'osera pas faire le bravache devant moi.

– C'est qu'elle n'est plus jamais au travail à son heure, a gémi Marthe.

– Tais-toi donc, a fait Jeanne en attrapant son manteau. Je viens de lui apprendre qui étaient ses parents. Ça vaut bien un début de soirée à servir des galopins.

– Oh, Jeanne, a soupiré Marthe, qu'est-ce que tu vas lui mettre dans la tête ?

– De la mémoire, a dit Jeanne. Et ne me dis pas que ça te gêne. Allez, en route !

Jeanne avait raison. Quand il l'a vue apparaître dans l'encadrement de sa porte, Eugène s'est fait tout petit derrière son comptoir. Marthe a couru vers lui et lui a chuchoté à l'oreille. Il s'est tourné vers moi et m'a regardée avec curiosité, comme s'il s'attendait à me trouver un nouveau visage. Mais il faut croire que ma figure était toujours la même parce qu'il m'a fait un signe du bras.

– Au travail, la Musique! a-t-il crié. Le client n'attend pas!

Rassurée, Jeanne n'a pas fait long feu. Elle a remis sa capuche et s'est penchée sur moi.

– Tu n'as plus rien à me demander? m'a-t-elle glissé à l'oreille.

– Si, ai-je chuchoté. Et mon père?

– Ton père est à Paris, Fifi. Achille sait où le trouver. En attendant, sois gentille avec Eugène. Parce que tu vas encore fuguer demain...

Du moment où Jeanne a refermé la porte derrière elle jusqu'au moment où je l'ai retrouvée, j'ai vu passer chaque seconde. Ce n'est pas que je pensais à ma mère dans le ciel, ni à mon père dans Paris, ni à ce que Jeanne m'avait raconté, mais je n'avais plus ma tête à moi. Je m'agitais comme un insecte, je souriais bêtement. J'ai cassé trois verres sur la soirée. J'étais tellement inutile qu'Eugène a fini par m'envoyer dans la réserve avant même de fermer la salle.

– La journée a été longue, a-t-il dit sans méchanceté. Si c'est pour abîmer le matériel, tu peux aller te coucher

Je ne crois pas avoir dormi. Ou alors, je n'en ai pas eu le sentiment. Quand je me suis enfin levée, j'étais toujours agitée. J'avais de plus le sentiment étrange de me mouvoir dans du coton. Je me suis mise au travail sans penser un seul instant à ce que je faisais. L'habitude guidait mes gestes. Je lavais le sol quand Marthe s'est approchée de moi.

– Tout le monde ici connaissait ton père.

– Toi aussi, Marthe ? Et Eugène ?

Elle a hoché la tête.

– Personne n'a jamais eu de mal à en dire.

– Comment sais-tu que je suis sa fille ?

– On n'empêche pas les gens de savoir. Il y a eu ta tante, puis Jeanne, puis à la fin toute la Butte a su…

– Toute la Butte sauf moi ?

– Que voulais-tu savoir, mon petit ? Que tu avais eu un père ?

– Que vous le connaissiez…

– Et qu'est-ce que ça aurait changé, du moment qu'il n'était plus là ?

Elle avait la voix si gentille, la vieille Marthe, que j'ai bien failli lui confier mon grand secret. J'en étais à ce point d'attendrissement quand la voix d'Achille m'est revenue : « Eugène ne doit rien savoir, Fifi, ni Marthe. Il faudra filer sans qu'ils s'en aperçoivent. » J'ai serré bien fort le manche de mon balai.

– Tu es bien gentille, Marthe, et je t'aime beaucoup, ai-je dit.

Les larmes nous sont montées aux yeux à toutes les deux, à cause de l'émotion pour elle, à cause de la fatigue pour moi. Nous avons essuyé nos yeux. Ensuite, pendant que le sol séchait, j'ai épluché les pommes de terre.

Au début de l'après-midi, j'ai profité de la sieste de mes deux vieux pour aller prendre des nouvelles de Mistigri. Je n'ai demandé de permission à personne, j'ai filé en douce.

Chez le peintre, si ce n'était pas le bonheur, ça y ressemblait. Charlotte s'était installée sur place, Raoul s'était laissé faire et Mistigri profitait de chaque instant.

– Ma parole, a dit Charlotte en me voyant arriver, la police ne ferait pas mieux ! Vas-tu venir nous surveiller tous les jours ? J'en prends soin, de ton gosse, va, et Raoul aussi. N'est-ce pas, Raoul, que tu es gentil avec le petit ?

On entendait Raoul se débattre avec ses toiles. Elles étaient trop nombreuses pour qu'on puisse les laisser traîner parmi les pots et les châssis. Le gosse aurait vite fait l'irréparable. Aussi Raoul rangeait. Il rangeait en maugréant, mais il rangeait.

Je me suis demandé avec inquiétude ce qu'il adviendrait de Mistigri, une fois que sa mère serait guérie. Voudrait-il retourner dans sa cave ? Dormir dans le froid, ne manger qu'une fois par jour, aller sale et vêtu de paletots troués ? Je le regardais qui jouait gentiment avec ses petits bâtons quand Charlotte m'a saisi le bras.

– Tu te demandes ce qu'il va devenir ?

J'ai secoué la tête.

– Ne me raconte pas d'histoires ! Tu as grandi sans mère, tu aurais bien peu de cœur si tu ne te posais pas la question.

– Alors oui, je me soucie… Si sa mère guérit, il est bon pour retourner partager sa misère. Si elle ne guérit pas, qui me dit que tu continueras à jouer à la maman ?

Charlotte a passé la main dans mes cheveux.

– Ma petite Fifi, si sa mère ne guérit pas, j'épouse Raoul de force et je le fais père de Jules, et de nombreux autres enfants. Si elle guérit, il sera toujours temps de s'occuper d'elle. Tu ne vas pas passer toute ta vie chez Marthe et Eugène... Tu pourrais nous trouver une autre occupation et lui laisser ta place. Les deux vieux auraient du personnel en âge de servir, et Jules de la soupe aux patates tous les jours que Dieu fait. Qu'en dis-tu ?

À peine avais-je le dos tourné que Charlotte régentait mon existence. Ce n'est pas qu'elle faisait mal, mais elle aurait pu mettre d'abord de l'ordre dans la sienne.

– Je n'en dis rien, Lolotte. Je trouve seulement que tu y vas à ton aise avec la vie des gens. Qu'est-ce que je ferai, moi, une fois que Félicie aura pris ma place chez Eugène ?

– Tu trouveras toujours. Et tiens ! Si tu ne trouves pas, nous demanderons à Achille. Il t'a à la bonne.

– Charlotte, tu m'énerves, ai-je fait. Ne demande rien à Achille. Je ne veux avoir de merci à donner à personne. S'il faut que je demande, je préfère m'adresser à sainte Rita qui a toujours bien agi envers moi.

– Demande donc à sainte Rita, a convenu Charlotte. Elle aussi t'a à la bonne. Elle se fera un plaisir de t'arranger.

J'ai pensé au coupon de soie que j'avais tendu dans l'arbre en remerciement. Si Charlotte ne l'avait pas vu, c'est qu'elle n'était pas sortie depuis la veille. Elle allait bien finir par tomber dessus. Et toute pieuse qu'elle fût, je n'étais pas sûre qu'elle approuverait l'ampleur de ma reconnaissance, ni la générosité de mes ex-voto.

En sortant de chez Raoul, j'ai couru à l'arbre. J'avais peur que le vent, les maraudeurs, les gosses l'aient emporté. Mais non, il était toujours là, un peu alourdi par l'humidité, mais toujours blanc. « Sainte Rita, ai-je dit en joignant les mains, ma situation est sens dessus dessous. Prenez soin des gens habituels, soignez particulièrement Félicie la Guigneuse, et ajoutez-y mon père que je ne connais pas encore. Pour ce qui est du côté pratique des choses, aidez-moi à filer ce soir. Vous êtes bien placée pour savoir que je n'ai plus rien à vous offrir en échange, étant donné que je vous ai donné tout ce que je possédais. Mais je vous promets de vous raconter tout ce qui m'arrivera, ce qui vous fera une distraction dans l'éternité. » Je n'ai pas pris le temps de causer plus longtemps. J'ai couru jusqu'au café. Je ne voulais pas être en retard. Je ne voulais pas m'attirer d'ennuis. Pas avant cette nuit.

Comme je me suis reproché d'être revenue ! Comment avais-je pu croire qu'il me serait possible de filer, en plein service, au milieu de la soirée ? Je ne sais pas ce que j'attendais… Un miracle sans doute. Les clients étaient arrivés, je lavais des verres sous l'œil vigilant de Marthe, l'heure tournait, et je ne voyais aucune possibilité de quitter le comptoir. J'imaginais Jeanne, qui tournait en m'attendant, en bas de la rue Lepic, et je n'avais aucun mal à me figurer son air enragé. Les larmes me venaient aux yeux et j'étais prête à tout raconter à Marthe pour la convaincre de me laisser aller lorsque le miracle a eu lieu. J'étais en train de ranger les bouteilles dans les casiers quand on a appelé dans mon dos :

– Bonsoir, petit ange.

Je me suis tournée d'un coup et j'ai vu devant moi le jeune Jacques, accompagné d'un garçon tout brun qui portait la casquette.

– Bonsoir, monsieur Jacques, ai-je fait bien poliment même si le cœur n'y était pas.

En soirée ordinaire, j'aurais été bien aise de voir une personne aussi distinguée à mon zinc. Mais ce soir, je n'avais pas l'esprit aux réjouissances.

– Bonsoir, monsieur, ai-je ajouté à l'intention de l'autre qui me regardait avec curiosité.

– Tu peux l'appeler Jean et t'épargner les « monsieur », a dit M. Jacques.

– Comme vous voudrez, monsieur.

Je n'avais pas ma tête à moi, je l'ai dit plus haut, et je parlais sans réfléchir, ce qui devait se remarquer parce que Jacques s'est penché sur le comptoir.

– N'es-tu pas contente de nous voir ? Comme Jean voulait sortir à Montmartre, je lui ai proposé de lui montrer une connaissance que j'y avais et de boire un verre en sa compagnie.

– Je suis très contente, monsieur.

– Tu n'en as pas l'air. Tu étais plus joyeuse chez Raoul.

– Quel Raoul ? a demandé Jean.

– Le peintre. C'est Achille qui l'a repéré et qui me

l'a présenté. Je lui ai acheté quelques toiles, qui, je l'espère, commenceront bien ma collection.

– Achille, bien sûr… Il n'est pas avec vous, Achille ?

L'inquiétude me tenait si fort, et maintenant l'espoir, que je me suis mise à trembler.

– Non. Il avait à faire.

– Et savez-vous où il avait à faire ?

– Si je le savais, je ne crois pas que je te le dirais. Est-ce qu'il te plaît tant que ça, mon ami Achille…

– Ce n'est pas ça, monsieur. C'est qu'il m'avait donné rendez-vous ce soir pour une affaire importante et que je n'ai pas trouvé le moyen de quitter mon travail…

Les deux garçons me fixaient de leur regard aristocrate. Ils s'étaient bien aperçus que je ne tournais pas rond. Ils m'observaient tant et si bien qu'il m'est arrivé une chose terrible. Ce que j'arrivais à endurer toute seule, je n'ai pas pu le supporter devant eux. De grosses larmes ont coulé le long de mes joues, que je n'ai pas pensé à essuyer.

– Il faudrait que je m'en aille, voyez-vous. Il faudrait que je retrouve Achille.

Jacques me regardait de plus en plus fort. Il avait les yeux si intéressés par ma misère que je me suis demandé si je lui faisais pitié, ou si je l'amusais.

– Et cessez de me fixer avec vos mirettes en soucoupes, ai-je soufflé dans sa figure. Car voyez-vous, c'est de ma vie qu'il s'agit. Même les filles des comptoirs ont une vie…

– Essuyez vos larmes, Séraphine. Je vais faire ce qu'il faut pour vous sortir d'ici. Et par ma foi, je vous promets qu'on vous trouvera Achille. Même s'il faut retourner tout Paris.

– Jacques… a fait son ami qui n'avait pas l'air si convaincu que lui.

– Attends-moi ici, a ordonné Jacques. Je serai de retour dans cinq minutes.

Il a traversé la salle à grandes enjambées. En moins de temps qu'il n'en faut pour le dire, il avait passé la porte. Et disparu.

– Séchez vos larmes, m'a aimablement conseillé Jean. Elles vous font des traces sur les joues.

– Merci monsieur…

– Et arrête de m'appeler monsieur, par pitié. Passe encore pour Jacques, encore qu'il n'en veuille pas. Mais pour moi, c'est ridicule. Je travaille aux Halles, au carré des viandes. J'ai grandi dans une ferme, à L'Isle-Adam, au milieu des volailles. Mes parents n'ont pas le sou et moi moins encore. Et je m'appelle Martin.

– Je croyais que c'était Jean ?

– Jean Martin, petite sotte.

– Êtes-vous aussi aristocrate, Jean Martin ?

Le pauvre Jean Martin m'a fait une longue figure incrédule, puis un sourire en coin.

– Sais-tu seulement ce que c'est qu'un aristocrate ?

– Je crois bien. Un homme de qualité.

– Si tu veux. Même si la qualité n'est pas toujours assurée. Un aristocrate, c'est un noble. Un quidam à particule. Un qui a un nom dans l'Histoire, et une famille qui s'en souvient. Jacques, par exemple, qui n'en peut plus d'être noble, s'appelle d'Argenton de Nevers, ce qui sonne mieux que Martin. Dans ce pays-ci en tout cas. Parce que rien ne nous dit que chez les Papous, on ne préfère pas les Martin.

– Dans ce cas, vous pouvez bien faire l'aristocrate vous aussi. Tenez, je peux vous appeler Jean Martin de L'Isle-Adam. Et même, Jean Martin des Halles de L'Isle-Adam. Ne trouvez-vous pas que vous sonnez parfaitement, à présent ?

– Mon Dieu, oui... Et toi, peut-on connaître ton nom d'aristocrate ?

– Je pense bien. Séraphine Mauvandier de la Butte. N'est-ce pas très joli ?

– C'est ravissant. Maintenant, mademoiselle de la Butte, est-ce qu'on pourrait me servir un petit bock ?

Jean Martin n'a jamais bu son bock parce qu'au moment précis où j'allais le servir, la porte du café s'est ouverte en grand et que Charlotte s'est précipitée à l'intérieur en hurlant.

– Eugène ! Eugène ! Prête-moi Fifi pour la soirée !

– Quoi ? Quoi ? a fait Eugène, qui n'était pas ravi que cette grande femme en cheveux vienne faire le chambard dans son établissement.

– C'est le petit qui la réclame ! Il est tombé ! Il est blessé ! Il pleure ! Il la veut ! Pour l'amour de Dieu, Eugène, laisse-la venir !

Eugène s'était approché pour lui taper sur l'épaule dans l'espoir de la calmer. Voyant qu'il ne se décidait pas assez vite à me libérer, Charlotte s'est tournée vers la salle en se tordant les mains.

– Dites-le-lui, braves gens ! Qu'il laisse la petite venir au chevet d'un enfant !

On commençait à murmurer autour des tables et Eugène ne savait plus où donner de la tête.

– C'est bon, Charlotte, prends-la. Je ne suis pas une brute.

Il m'a fait un geste du bras.

– Toi, là-bas, ne reste pas plantée comme une idiote ! Suis ta tante, puisqu'elle te le demande !

Je suis sortie de mon comptoir, droite comme une poupée de bois. Je sanglotais.

– Mon petit Mistigri… Mon petit Mistigri…

Eugène m'a regardée avec inquiétude.

– Fais attention, Charlotte. Elle est toute pâle. Elle va tourner de l'œil.

J'ai senti le bras de Jean Martin se glisser sous le mien.

– Espèce d'imbécile, a-t-il murmuré à mon oreille. Le gosse n'a rien. La fille fait l'andouille. C'est encore un tour de l'aristocrate.

Nous sommes sortis, Charlotte, Jean Martin et moi-même. Lolotte agitait les bras comme une perdue, je vacillais sur mes jambes, et Jean Martin me soutenait comme si j'avais été un vieux cheval borgne. Nous avons fait dix pas dans la nuit avant d'entendre la porte du café claquer dans notre dos.

Au tournant de la rue, une silhouette noire était appuyée contre un mur. Jacques nous attendait. À son côté se tenait Raoul, Jules, dit Mistigri, dans les bras, bien couvert et bien vivant, accroché à son peintre comme une bernique au rocher.

À peine la porte était-elle fermée, que la comédie

a pris fin. Charlotte s'est immobilisée, elle s'est plantée face à moi, elle m'a regardée sans mot dire et elle m'a flanqué deux claques gigantesques. Une pour chaque joue.

– La première, a-t-elle dit, c'est parce que tu as cru que j'avais laissé le petit se blesser.

– Pardon, ai-je dit. Mais est-ce ma faute si tu joues le théâtre aussi bien ?

– Et la deuxième, c'est parce que je suis passée devant l'arbre. Est-ce que tu te paies ma tête ? Un coupon qui m'a coûté cent francs ? Accroché dans l'arbre comme n'importe quel haillon de n'importe quelle pierreuse ?

– Encore pardon, mais c'est pour remercier sainte Rita qui n'arrête pas de me sortir de la purée. Tu ne devrais pas te fâcher, Lolotte, car elle sera bonne avec toi quand elle saura que tu as mis pour cent francs de tissu à sa gloire.

– Tu n'aurais pas pu en couper un petit morceau ? Qu'est-ce que tu crois qu'ils en ont à faire, là-haut, de trois mètres de soie frappée ? Dix centimètres auraient fait l'affaire ! Je ne sais pas ce qui me retient de t'en flanquer une autre, tiens !

Les quatre hommes, Mistigri compris, contemplaient avec consternation le triste spectacle que nous offrions, ma tante et moi.

– C'est fini, mon cœur, a dit Raoul en lui collant Jules dans les bras. Elle ne recommencera plus.

– En tout cas, je ne serai pas assez bête pour lui donner le tissu, a ronchonné Charlotte. Maintenant, il paraît que tu dois retrouver Achille à Paris... On peut savoir ce qu'il y a de si urgent pour que tu files à sa rencontre dans la nuit?

– Colle-moi encore une taloche, ai-je dit en tendant la joue. Je ne peux rien dire. J'ai juré le secret.

– Achille t'a fait promettre de te taire?

– Oui.

– Ce n'est pas pour une sale affaire, au moins? J'aime bien Achille, mais c'est dans les hommes que je n'ai pas confiance.

– Charlotte! l'a interrompu Jacques. Par respect pour ceux qui sont ici, ne mettez pas tous les hommes dans le même panier. Vous connaissiez Achille. Il n'y a pas à Paris d'être plus juste ni plus droit. S'il tient à garder le secret, ses raisons sont bonnes.

– C'est bon, a grogné Charlotte. Je vous confie Fifi, jeune homme, vous m'avez l'air à peu près comme il faut. Mais je vous conseille de me la ramener avant le matin. Sinon, je fais le serment de vous arracher les yeux, où que vous soyez et qui que vous soyez...

– C'est entendu, a dit Jacques que Charlotte commençait visiblement à fatiguer.

– Quelle furie! a murmuré Jean Martin dans mon dos.

Raoul a pris Lolotte par la taille et il l'a entraînée vers l'atelier. Ils sont partis comme ça, serrés tous les trois comme trois statues prises dans un seul bloc de pierre. Ils formaient une jolie famille, le gamin jouant dans l'ombre avec les cheveux de ma tante.

– Allons à la voiture, a dit Jacques avec une voix naturelle.

– Allons à la voiture, ai-je répété. Allons à la voiture.

Pour la première fois de toute mon existence, j'allais prendre une voiture. Et non seulement j'allais la prendre, cette voiture, mais je n'aurais à me soucier ni de la chercher, ni de la payer. Car cette voiture était notre voiture. Elle n'avait rien d'autre à faire que de nous attendre. Et nous pouvions monter dedans exactement comme nous le voulions.

– Allons à la voiture, ai-je dit encore une fois.

Jacques m'a lancé un coup d'œil inquiet.

– Tout va bien, Séraphine ?

Mais Jean Martin, qui était un aristocrate de mon genre, riait doucement.

– Laisse-la. Je crois bien qu'elle n'a jamais pris de voiture fermée, n'est-ce pas, Fifi ?

– Ni fermée ni ouverte. C'est ma première voiture.

– Merveilleux, a dit Jacques. Rien ne me plaît plus que les premières fois, pour les autres comme pour moi. La voilà, justement.

Et oui, elle était là, une grosse boîte aux contours arrondis, posée au milieu de ses quatre roues, tenue à son cheval comme un jouet à son propriétaire. On voyait luire doucement sa lanterne et fumer les naseaux du cheval. Sur le banc du cocher, une silhouette surmontée d'un haut chapeau se tenait affaissée, le fouet posé de travers sur les genoux. Jacques s'est approché et il lui a posé la main sur le genou. La silhouette a sursauté, avant de rattraper le fouet qui glissait de ses genoux.

– Joseph, nous descendons à Paris. Vous prendrez vers l'est. Nous remonterons le faubourg Saint-Antoine.

– Le faubourg Saint-Antoine? a répété le cocher comme s'il n'arrivait pas à en croire ses oreilles.

– Eh bien oui, Joseph! Ce soir, c'est le faubourg Saint-Antoine, que ça vous plaise ou non.

– Déjà que, dans la journée, on se demande ce qu'un monsieur peut bien y faire... Mais la nuit! Vous me pardonnerez, mais c'est du vice.

– Comme vous voulez, Joseph. Du vice si vous voulez. Maintenant allons-y. Nous sommes pressés.

Je l'ai vu qui me désignait d'un mouvement du menton.

– La mendigote, elle monte aussi?

– Décidément Joseph, vous avez pour manie de me chauffer les oreilles... Elle nous accompagne, oui.

– À vos ordres, monsieur. C'est monsieur qui décide.

– J'aime vous l'entendre dire, Joseph.

Jean Martin a ouvert la portière et fait basculer les trois marches qui permettent d'accéder à la voiture. Il est monté le premier et m'a tendu la main. J'ai procédé comme une princesse, en levant gracieusement sur les chevilles mon affreux tablier. Nous nous sommes assis côte à côte. Jacques s'est installé en face de nous et il a fermé la porte. J'ai entendu claquer le fouet et j'ai senti la voiture s'ébranler. En me penchant vers la fenêtre de la porte, je pouvais regarder dehors.

J'ai beaucoup regretté qu'il fasse si sombre. Les fumées de Paris et les ombres de l'hiver cachaient les étoiles et la lune, et, à la vérité, on n'y voyait rien du tout. Nous allions donc dans une nuit parfaitement obscure, et cela n'empêchait pas mon plaisir d'être transportée. À l'avenir, quand je verrais passer les voitures, je saurais ce que c'est que d'être assise dedans. Je me sentirais l'égale de ses passagers. Je me sentirais du même monde.

– Maintenant que la soirée est gâchée, sais-tu seulement où nous nous rendons ? a demandé Jean Martin qui tournait nonchalamment sa casquette entre ses mains.

– J'ai demandé conseil à Raoul. Achille est son ami. Il connaît mieux que moi ses habitudes. Raoul a entendu parler d'une rencontre qui se tient ce soir dans le faubourg Saint-Antoine.

– Quel genre de rencontre ? a maugréé Jean Martin. Pas le genre de rencontre où l'on s'amuse, je suppose.

– Tu supposes juste, mon cher. Si Achille s'y rend, nous avons toutes chances de tomber sur un rassemblement de socialistes hirsutes, une bande d'agitateurs traqués par la police, de vieux communards usés par le bagne… Enfin, la joyeuse compagnie habituelle…

– Merci beaucoup, a soupiré Jean Martin.

– Ne fais pas la tête, Jean. Sitôt que nous aurons obligé mademoiselle Séraphine, nous la laisserons avec ses protecteurs, et nous irons vers des endroits plus riants.

– Tu me le promets ? a demandé Jean Martin avec une moue bien attendrissante. Je travaille demain, moi, et toute la semaine ensuite. Tu ne peux pas m'interdire un peu d'amusement, de temps en temps.

CHAPITRE ONZE

– Mettez le nez au carreau, me dit Jacques. Et regardez passer le Louvre.

J'ai collé mon visage à la vitre, mais c'était peine perdue. On distinguait à peine dans la nuit d'encre le contour de gros bâtiments noirs de suie. Alentour, c'était la misère. Une vraie pagaille de rues, étroites, sales et pas éclairées. À ce compte-là, je me fichais bien de ce qui me passait sous le nez, le devant du Louvre ou le derrière de la Butte. Pour l'heure, c'était pareil et même.

– C'est bien là, le centre de Paris ? ai-je demandé à Jacques.

– Oui, ma petite fille.

– Si ce n'était de vous, je ne le croirais pas. Il est bien triste, le centre de Paris.

– Peut-être. Pourtant, autrefois, il fut assez bon pour les rois.

– Ils avaient bien du mérite, les rois. Ou pas beaucoup de bon sens.

– Les deux ensemble, Fifi, probablement. C'est sans doute pour cela qu'ils ont fini par disparaître. Mais jetez un coup d'œil par là. Si vous faites un effort, vous devinerez la Seine qui passe, en bas, à votre droite.

Je n'ai pas eu le cœur de lui dire qu'on n'y voyait goutte et qu'il choisissait le plus mauvais moment pour faire mon éducation en géographie.

– Je suis bien contente de longer la Seine, ai-je approuvé gentiment.

Des images me sont passées par la tête, et, sans penser plus loin, j'ai ajouté :

– Quand les versaillais ont repris Paris, la Seine a coulé rouge de sang.

Jean Martin, qui faisait semblant de dormir sur sa banquette, a écarquillé les yeux.

– Mais fais-la taire ! Elle raconte des choses horribles ! Un peu de pitié pour moi, qui passe mes matinées à l'abattoir…

– Je vous demande de m'excuser, Jean Martin, mais ce que j'en dis est lié à mon père, qui a fait la Commune et n'en est pas mort, à la différence de ma mère, qui est morte, elle, même si c'était après et par voie de conséquence…

– Ton père ? a fait Jacques. Il était communard ?

– Oui, monsieur. Il est parti pour le bagne. Si bien que je ne l'ai jamais vu.

– Est-il mort là-bas ?

– Non.

– Alors, il a dû être libéré il y a quatre ans, lors de l'amnistie. Le sais-tu, que les communards ont été pardonnés ? Et qu'ils ont eu le droit de rentrer ?

– Je ne sais pas grand-chose. Et le peu que je sais date d'hier. Mais s'il a été libéré, personne ne m'en a avertie. Car j'ai grandi sans père, et je suis toujours sans.

Les deux garçons me regardaient avec une sorte de respect, à présent. Comme si j'avais été une pierre de la Bastille, un collier de la reine, une relique des temps anciens. Puis Jacques a retrouvé ses esprits et m'a souri aimablement.

– C'est lui que tu vas retrouver, n'est-ce pas? Et c'est Achille qui devait te conduire?

Maintenant qu'ils avaient deviné toute l'histoire, nous causions dans la voiture comme si nous étions amis depuis toujours. Jean Martin n'était plus si moqueur avec moi et Jacques me posait mille questions dont les réponses semblaient le stupéfier. Il était comme au spectacle. Tout de ma vie l'intéressait, de ma naissance chez le curé Sarrault à mon installation dans le café d'Eugène.

– Ce que je ne comprends pas, a interrompu Jean Martin, c'est ce qu'Achille vient faire là-dedans. Parce que, si nous sommes avec Séraphine dans cette voiture, c'est quand même à cause de lui…

– Achille, a dit Jacques, est l'ami de jeunesse de Raoul qui est peintre, et par ailleurs l'ami de Charlotte, dont tu sais maintenant qu'elle est la tante de Séraphine.

– Mais Raoul n'a rien à voir avec les rassemblements de socialistes et autres bandits rouges…

– C'est vrai. Raoul ne veut entendre parler que de peinture. Mais Achille, lui, est un idéaliste. Il cultive la brillante idée de changer le monde, pour le rendre meilleur, ce qui fait même de lui un socialiste. Socialiste, il l'est à sa manière, qui est celle d'un homme qui a de l'instruction, de la modération et de l'argent. Bref, par une sorte de passion de la justice, ce garçon charmant et bien élevé passe la moitié de sa vie avec des gens terribles, des infortunés qui fuient la police et manigancent des soulèvements. On ne peut pas lui en vouloir. Il reste un bon compagnon, un amateur de peinture et un excellent boxeur.

J'allais prendre la défense d'Achille, qui offrait à mes yeux toutes les marques de la perfection, auxquelles il fallait ajouter son beau manteau de laine, quand la voiture s'est arrêtée. Le cocher s'est penché sur son siège et il a frappé à la vitre.

– Nous y voilà, a constaté Jacques.

– Nous y voilà où? a demandé Jean Martin. Il n'y a pas plus long que le faubourg Saint-Antoine. Et encore, si ce n'était que la longueur… Mais le faubourg est troué comme une pomme véreuse de passages qui vont dans tous les sens et communiquent entre eux… Nous n'avons aucune chance. C'est désespéré.

– Oh, ai-je fait en souriant, si c'est désespéré, tout va bien. J'ai la solution.

J'avais pris la tête et nous marchions à la queue leu leu comme des oies. Je parlais la première et les garçons répétaient après moi.

– Sainte Rita, c'est ma dernière demande…

– Sainte Rita, c'est sa dernière demande…

– Je veux retrouver Achille…

– Elle veut retrouver Achille…

– Après quoi je vous fiche la paix…

– Après quoi elle vous fiche paix…

Les rares passants que nous croisions levaient la tête vers notre cortège et se hâtaient de filer dans l'ombre.

– Par chance, je ne risque pas de connaître grand monde ici, a remarqué Jacques.

– Parle pour toi, l'aristo, a rétorqué Jean Martin. Moi, je peux tomber sur un équarrisseur qui me fera une réputation de fillette avant demain matin…

– Sainte Rita, bon sang de bonsoir de bois, ai-je repris, on court après Achille…

– Sainte Rita, bon sang de bonsoir de bois, elle court après Achille…

Tout en priant, je regardais le faubourg autour de moi. Même dans l'épaisseur de la nuit, je le trouvais coquet, avec ses petites baraques de fer, de vitre et de bois, plantées de guingois, appuyées bravement les unes contre les autres. Rien n'était si haut ici, et il poussait des buissons partout. Je ne dis pas que l'endroit respirait la richesse, ni même le confort, mais enfin, il sentait le travail et c'était mieux que rien. En comparaison, Montmartre, même avec ses cabarets éclairés dans la nuit, paraissait plus pauvre, plus amer et plus triste. C'est le miracle du voyage, de nous faire aimer des pays juste parce qu'ils nous sont étrangers et que nous n'en avons pas l'habitude.

J'allais en confiance, contente de découvrir une région éloignée, et d'y être en bonne compagnie. Je ne doutais pas un instant que Rita ne m'accorde un dernier coup de main. Elle ne m'avait jusque-là jamais lâchée. Elle tiendrait bien ce soir encore. Je peux être sotte, mais je suis ainsi : je crois toujours dans l'instant qui vient.

Nous avancions d'un bon pas, droit devant, au

hasard des ruelles, sans prêter attention aux silhouettes que nous laissions derrière nous. Deux ombres nous précédaient, glissant dans l'obscurité, et je mettais tout mon cœur à vouloir les dépasser.

– Sainte Rita, étais-je en train de chantonner, mettez quelqu'un sur mon chemin, et même si c'est Jeanne, c'est bien quand même…

– Quoi, quand même ? faisaient les garçons qui ne comprenaient rien de ce que je disais.

– Quoi, Jeanne ? a fait la voix de Jeanne.

– Oh ! Jeanne !

– Veux-tu cesser de crier, traîneuse, bonne à rien !

C'était bien elle, flanquée d'Achille.

– Enfin… a soupiré Jean Martin. Elle a trouvé. J'ai bien cru qu'on n'y arriverait jamais…

– Je ne te vois pas beaucoup de défauts, mon cher Jean, a constaté Jacques en lui pinçant l'oreille sous la casquette. Mais je trouve que tu manques de foi. Et de fantaisie.

Il y eut une porte de verre qui donnait sur un vaste atelier qui sentait la colle et le bois. Il y eut la traversée de l'atelier, qui n'était pas si aisée car il fallait contourner les squelettes des fauteuils qui s'entassaient tout partout. Il y eut une porte de bois, contre laquelle il fallut longtemps pousser, et qui donnait sur un méchant escalier. Il y eut enfin, à l'étage, une porte recouverte de liège. Achille s'appuya contre elle et frappa trois coups. Il attendit quelques secondes et cogna à nouveau deux fois.

– Pierre ! appela-t-il. Pierre !

Un homme ouvrit la porte avec précaution et nous dévisagea. Il avait les yeux sombres et la barbe, ce qui lui faisait le visage sévère et même rustre. Était-ce celui-là qui était mon père ?

– Achille ! a fait l'homme barbu. Entre !

Les deux hommes se sont donné l'accolade avant de nous laisser passer, Jeanne qui pour une fois n'avait rien à dire et se taisait, et moi qui mourais à petit feu de curiosité et d'excitation.

– Il est là ? a demandé Achille.

– Et pourquoi crois-tu que je t'aie fait venir ? a répondu celui qui se nommait Pierre. Pour tes beaux yeux ?

Le barbu n'était donc pas de ma famille. Ce qui tombait aussi bien car je n'avais pas l'habitude des barbes. Mon père devait se trouver un peu plus loin. Dans cette pièce. Là. Contre le mur.

Au moment précis où je l'ai vu, j'ai su que c'était lui. Dans un sens, je ne risquais pas de me tromper beaucoup. Il n'y avait pas d'autre homme alentour. Une femme aux cheveux gris, noués en chignon dans la nuque, se tenait contre la fenêtre. Il était, lui, assis dans un fauteuil, l'un de ceux que j'avais vus, quelques minutes plus tôt, en piles dans l'atelier.

Il n'a pas eu l'air surpris de voir Achille. Sans doute était-il prévenu de sa visite.

– Achille, a-t-il dit simplement, mon vieux camarade…

En revanche, quand il a posé les yeux sur Jeanne, son visage s'est figé. Il ne l'attendait pas, celle-là.

– Jeanne ? C'est toi, Jeanne ?

- C'est moi, Bertrand. C'est moi.

Ils se regardaient, ces deux-là, comme si leurs yeux ne suffisaient pas à voir.

– Il y a presque quinze ans, a murmuré Jeanne. Alors évidemment..

– La dernière fois que je t'ai vu, j'avais les fers. Tu étais avec Céleste…

– Céleste est morte, Bertrand. Dans l'année de ton départ.

– Je sais, Achille m'a dit.

Bertrand, ainsi qu'on appelait mon père, s'est levé de son fauteuil et s'est avancé vers Jeanne. Il a pris ses mains dans les siennes et a approché son visage tout près du sien.

– Et mon petit, Jeanne ? Il est né, mon petit ?

Bon sang de bonsoir, je n'avais jamais vu Jeanne dans cet état. Elle était toute blanche et elle tremblait de haut en bas.

– C'est une fille, ton petit. Elle est là, devant toi.

Le regard de mon père s'est posé sur moi. Il a tendu le bras et passé la main sur mes cheveux.

– Te voilà donc…

Puis il a levé le visage vers le plafond, comme un qui se noie et cherche à retrouver son souffle.

– Me voilà en un jour le père d'une bien grande fille. Comment t'appelles-tu ?

– Séraphine, mais vous pouvez m'appeler Fifi.

– Séraphine, je ne te le dirai pas tous les jours, mais il faut que je te le dise une fois, tu ressembles à ta mère. Elle t'a donné ses traits, pour qu'ils demeurent à travers le temps.

– J'espère que vous n'en avez pas de chagrin, monsieur.

– J'en suis très heureux. Et il va falloir t'habituer à ne pas m'appeler monsieur, car, même si nous avons du mal à nous en rendre compte, je suis à présent ton père et tu es ma fille.

– Je suis très honorée, monsieur, ai-je dit parce que j'étais à bout et que je ne savais plus quoi dire.

J'ai eu peur d'avoir dit une bêtise, ce qui aurait gâché ce beau moment, mais ils sont tous partis à rire, Bertrand et Jeanne, et Pierre et même la femme au chignon gris.

– Tu entends ça, Louise ? a fait mon père en se tournant vers elle. Ne suis-je pas le père d'une enfant parfaite ?

Quelques chandelles de suif fumaient tant qu'elles pouvaient, nous empestaient et éclairaient à peine. Pierre avait sorti une bouteille d'alcool jaune dont il entendait faire profiter tout le monde. Les deux femmes avaient refusé. Les hommes buvaient leurs verres à petits coups, en faisant d'affreuses grimaces. Moi, je ne pouvais me lasser de contempler mon père Bertrand. Il portait les cheveux épais et longs, couleur d'herbe brûlée. La peau de son visage et de ses mains était toute ridée, couverte de fins sillons entrecroisés. On aurait dit qu'une main soigneuse et griffue avait passé partout sur sa figure, la marquant à jamais. De cette façon, il ne semblait ni jeune ni vieux. On voyait qu'il avait vécu, on devinait qu'il avait souffert. Mais le plus beau de tout était ses yeux qui fixaient sans jamais se baisser et semblaient interroger ce qu'il voyait. Ils possédaient une brillance toute particulière, comme un éclat d'étoile.

– Je t'ai attendu, à l'amnistie, lui dit Jeanne. Si tu savais comme je t'ai attendu... Et puis je t'ai cru mort. C'est Achille qui est venu m'apporter la nouvelle de ton retour. Je croyais l'avoir perdu, lui aussi. Il n'avait pas monté la Butte depuis des années, n'est-ce pas, Achille ?

– Je m'étais promis de ne plus jamais monter à Montmartre, c'est vrai. Les dernières images que j'en gardais sont atroces. Aussi, je n'ai pas eu le courage de revenir, pendant plus de dix ans. C'est en accompagnant un ami, un peintre qui vit là-haut, que j'ai compris, enfin, que le passé était passé. J'ai revu Jeanne, j'ai rencontré Fifi, et voilà, je suis là, avec vous.

– Tout ça ne me dit pas pourquoi Bertrand n'est pas revenu, il y a quatre ans...

– Parce qu'on ne l'a pas sitôt relâché qu'il a fallu le remettre au trou ! a fait la femme au chignon gris. Dis-le, Bertrand, ce que tu as fait en Nouvelle-Calédonie...

– La même chose que toi, Louise. J'ai participé au soulèvement des Canaques. Ces gens vivent dans une misère affreuse, voulue et organisée par l'État français. J'ai pris leur parti, et puis leurs armes. Je ne m'étais pas battu comme un homme à Paris pour me comporter comme un porc à Nouméa.

– Tout le problème, a continué Louise, c'est qu'il s'est laissé coincer par les cognes, et qu'il a repris pour quatre ans de cabane.

– Mais maintenant que tu es rentré, tu vas te tenir tranquille ! a lancé Jeanne sur un ton qui n'admettait pas la contradiction.

Mon père Bertrand a croisé les mains et les a coincées entre ses genoux.

– J'ai bien peur que non, ma pauvre Jeanne. On ne me réformera pas. Pas à mon âge. Et puis, il en faut bien, quelques vieux, pour continuer la lutte… Louise a repris du métier, je ne vais pas la laisser toute seule.

– Allez-vous retourner en prison aussitôt ? ai-je demandé car je m'intéressais et je ne voulais pas qu'on me tienne éternellement à l'écart des conversations.

– J'espère bien que non ! Je veux d'abord faire la connaissance de ma fille, travailler chez mon ami Pierre, renouer avec Paris, et même remonter sur la Butte.

– Tu verras comme elle a changé, ta Butte, a soupiré Jeanne. Des cabarets ouverts toute la nuit pour les bourgeois et pour les fainéants. Des baraques construites n'importe où sur les vignes. Plus de moulins, tu penses bien. Des pauvres qui s'entassent dans des bouges comme des cancrelats. Et pire que tout, le chantier d'une église monstrueuse qui grandit comme un furoncle géant au-dessus de nos têtes…

– Allez, a dit mon père, je m'en moque bien, de tout cela. Les églises et les moulins peuvent aller au diable. Je ne veux rien d'autre que respirer l'air de là-haut et saluer ses gens.

La nuit avançait et personne ne faisait mine de vouloir se quitter. Nous avions beau parler, aucun de nous n'avait le sentiment d'en avoir fini. Nous avions trop de questions à nous poser et trop peu de temps pour y répondre. Le serein bonheur d'être ensemble paraissait inépuisable. C'est Jeanne, qui n'a jamais craint d'être rabat-joie, qui a donné le signal du départ.

– Il va falloir ramener la petite. Elle travaille demain.

Mon père Bertrand m'a saisi le bras.

– Déjà ? Je l'ai perdue toutes ces années et il faudrait déjà lui dire adieu ?

Louise s'était tournée vers la fenêtre et regardait dans la cour, les mains croisées dans le dos. Elle attendait sans doute que les effusions s'achèvent, avant d'en revenir aux choses sérieuses. Achille, une fois encore, a trouvé une solution pour tous.

– Ma voiture est à la Bastille. Si vous avez le courage de vous y entasser, je propose que nous ramenions Fifi et Jeanne jusqu'à la Butte. Nous leur tiendrons compagnie le temps du voyage et Bertrand retrouvera Montmartre en douceur.

Il ne s'est trouvé personne pour résister. Quelques minutes plus tard, nous étions serrés les uns contre les autres dans la voiture d'Achille, qui n'était pas plus grande que celle de Jacques, si elle était plus confortable. Je me trouvais vernie de faire, dans la même nuit, tant de voyages véhiculés. Assise à côté de mon père Bertrand, je me laissais bringuebaler, étourdie d'émotion et de fatigue. Sa main est venue prendre la mienne, au bord de la banquette. Elle était large et calleuse. Ma petite main a trouvé tout naturellement sa place dans la paume.

– Est-elle allée à l'école, cette jeune fille ? a demandé Louise qui se tenait contre la portière, le visage caché derrière le rideau.

– Non, a fait Jeanne. Elle n'a pas eu l'occasion. Elle travaille depuis qu'elle est en âge. D'abord, elle a appris à coudre comme mon apprentie, et je dois reconnaître qu'elle ne s'en sortait pas mal. Puis elle a voulu partir et elle sert maintenant chez un couple de vieux qui tiennent un café non loin du chantier.

– Ne me dis pas qu'il s'agit de Marthe et d'Eugène… a souri mon père.

– Tu les connais ? ai-je fait, émerveillée.

– Mais alors, a poursuivi Louise que mon éducation préoccupait, cette enfant ne sait ni lire ni écrire ?

– Le plus beau, c'est qu'elle sait ! Elle a appris du vieux curé qui lui a servi de nourrice.

– Lui a-t-il appris à compter ?

– Je crois bien, oui. T'a-t-il appris à compter, le père Sarrault, Fifi ?

– Un peu, Jeanne. Et pour le reste, j'ai appris toute seule.

– Quel reste, ma fille ?

– Tout le reste. Nettoyer, ravauder, servir, prier…

– Prier ? Pourquoi prier ?

La conversation prenait un tour dangereux. Je me méfie des interrogatoires parce qu'on ne sait jamais comment répondre de façon à plaire à tout le monde. Aussi j'ai baissé la tête, regardé le sol et je n'ai plus dit un mot. Il ne faut pas me prendre pour une imbécile. Ma main a dû bouger dans la sienne, parce que mon père Bertrand a remarqué que je n'étais plus la même.

– Vous lui faites peur, a-t-il dit. Laissez-la donc tranquille.

- Bertrand, a déclaré Louise d'une voix cassante, il faut mettre ta gamine à l'école. Elle en sait sûrement assez pour rejoindre les autres. Ne dis pas non. Je t'aiderai. J'ai des amis dans l'instruction.

– À l'école ? ai-je fait, rompant le silence. Personne ne va à l'école par chez nous…

– Raison de plus. Tu iras à l'école, toi, parce que tu es la fille de ton père qui est pour le progrès. De cette façon, tu te feras institutrice, et tu enseigneras aux enfants des autres. C'est aux enfants qu'il faut parler. C'est eux qu'il faut instruire et convaincre si nous voulons sortir le monde de la sauvagerie.

- Comme tu voudras, Louise, a acquiescé mon père. Mais toi, Fifi, veux-tu devenir institutrice ?

– Ma foi, si ça se peut, j'aime autant ça que de passer le torchon sur le zinc. Mais vraiment, je ne crois pas que ce soit possible… Je ne suis qu'une servante, c'est ce qu'il faut voir. Et encore… une petite servante…

Achille nous écoutait bien sérieusement, les mains posées à plat sur les cuisses. Il portait des gants clairs, ce qui montrait assez son élégance et son goût.

– Fifi, si Louise veut que tu enseignes, laisse-toi faire et remercie. Louise a été institutrice pendant des années. Puis elle a dirigé la Commission de l'instruction sous la Commune. Et quand elle parle de l'école, crois-moi, elle sait ce qu'elle dit, mieux que toi, que moi et que nous tous ici.

– Dans ce cas, merci madame, ai-je donc fait poliment.

Elle a levé les yeux au ciel.

– Camarade, m'a-t-elle corrigé. Merci camarade.

Je me suis exécutée car il ne me déplaît pas d'obéir à qui me plaît.

– Merci camarade Louise, ai-je fait.

Et j'ai senti la main de mon père serrer chaudement la mienne.

En vérité, à voir la tête qu'a faite Eugène quand il nous a vus entrer, moi d'abord, suivie de Jeanne, suivie de mon père Bertrand, suivi de camarade Louise, suivie de l'ami Achille, j'ai cru qu'il allait mourir. Sa figure, qui n'était pourtant pas si blanche d'habitude, s'est vivement empourprée. Sa bouche s'est ouverte et il s'est mis à chercher sa respiration, comme un poisson qui crève.

– Pardon Eugène, ai-je crié, je suis en retard ! Je reprends le service !

Je croyais, sotte que j'étais, être la cause de son agonie. Mais il n'a pas eu un geste pour moi. Il ne m'a pas entendue. Il n'a pas seulement posé le regard sur moi. C'est mon père qu'il fixait, les yeux hors de la tête, et ma camarade Louise. Vraiment, il y avait un spectacle très étrange à le voir s'étouffer comme ça. Mais le plus étrange de tout était que, tandis qu'il asphyxiait, toute la salle s'était mise debout comme un seul homme, et nous regardait. Ils étaient, tous ces visages, comme aimantés. Un silence épais régnait, dans un endroit où l'on ne s'entendait d'ordinaire pas crier. Tous les yeux, de tous les clients, allaient de lui à elle, et d'elle à lui. Et les deux communards se tenaient droits sous les regards, comme s'ils s'y attendaient, comme s'ils avaient l'habitude, des stupeurs et des cérémonies. Camarade Louise a rompu le charme. Elle a tourné sur elle-même, pour que tout le monde puisse voir son chignon gris et sa petite figure aux durs contours. Sans vouloir la critiquer, elle ressemblait à un marron d'hiver, tout à fait racorni et fripé.

– Camarades !... a-t-elle lancé.

Elle n'a pas eu l'occasion d'en dire plus parce que instantanément, tous se sont mis à jeter leurs casquettes en l'air et à pousser des cris de bêtes, à monter sur les tables pour l'ovationner et à vouloir démonter les chaises. Il n'y avait là que de la joie. Mais une joie aussi forte tient de la tempête. Elle se mêle de quelque chose de terrifiant. Dans une situation normale, Eugène aurait dû s'affoler à en perdre la tête. Mais non, il était appuyé à son comptoir, dans les bras de Marthe, et pleurait à chaudes larmes. Il n'était pas le seul. Mon père Bertrand pleurait. Jeanne pleurait. La moitié de l'assistance pleurait. Ils étaient tous devenus fous. Et j'étais un peu déçue que Louise, qui ne pleurait pas, elle, donne du « camarade » à n'importe qui.

Le désordre était général et j'étais abasourdie. Pas assez toutefois pour ne pas voir, de loin, Charlotte pousser la porte, Raoul à son bras. J'ai d'abord cru qu'Achille était allé la chercher pour lui présenter mon père Bertrand, qui est aussi son beau-frère par voie de conséquence. Mais j'ai vite compris qu'elle n'avait pas eu besoin d'Achille. Car à sa suite, au fur et à mesure que les minutes passaient, on ne cessait d'entrer dans le café d'Eugène.

Sur la Butte, les nouvelles vont vite. À peine les Montmartrois étaient-ils avertis qu'ils rappliquaient. Débarquaient toute une troupe de femmes et d'hommes, ceux que je connaissais et ceux que je ne connaissais pas. À ce train-là, tout Montmartre allait nous arriver. On se poussait, on se pressait, on se hissait sur la pointe des pieds pour chercher à voir. Les cris et les applaudissements résonnaient à me casser les oreilles. Deux noms traversaient la foule comme une vague : Bertrand Mauvandier, Louise Michel. Ils faisaient une rumeur incessante qui courait sur les gens, se brisait sur les murs et repartait dans l'autre sens. Louise Michel, Bertrand Mauvandier… Je me suis glissée jusqu'à mon père et je l'ai tiré par la manche aussi fort que j'ai pu. Il s'est penché vers moi.

– Il faut sortir d'ici bon sang, ai-je hurlé dans son oreille, car on n'empêchera pas les gens d'entrer, et nous allons bientôt mourir écrasés…

Il s'est ressaisi sur l'instant, m'a attrapée par le bras et s'est frayé un passage jusqu'à la porte. Il est sorti dans la nuit, suivi par Louise. Aussitôt, tout le peuple qui se pressait dans le café a jailli dans la rue. Ils étaient comme une cascade écumante, car la lune s'était levée sur la Butte et nous baignait dans sa lumière nacrée.

– Il faut marcher, a lancé Louise. En cortège, nous nous sentirons plus forts et plus unis.

Mon père et ma camarade ont pris la tête du défilé. Je courais devant, tandis que le peuple continuait d'affluer des rues et des chemins pour se joindre à nous. Des chansons éclataient de temps à autre, ici ou là, reprises à l'occasion. Après avoir versé des seaux de larmes, les gens s'étaient mis à rire et à plaisanter. Sans vouloir déconsidérer quiconque, on aurait cru un mardi-gras.

Dans cet assemblage, et moi toujours devant, le cortège a fait le tour du quartier. Nous sommes passés devant la maison de Jeanne, devant l'atelier de Raoul, au pied du chantier. Et comme nous reprenions plus ou moins le chemin de chez Eugène, nous avons atteint l'arbre de Rita. Je suis revenue à mon père.

– Où veux-tu les emmener, là, tous autant qu'ils sont ? Si nous retournons chez Eugène, nous aurons une émeute. Son café ne s'est pas élargi depuis tout à l'heure...

– Il faut que Louise leur parle. Elle sait le faire, et elle aime ça.

– Et que leur dira-t-elle ?

– Qu'ils gardent l'espoir, qu'ils soient fiers et qu'ils se battent. Que veux-tu dire d'autre, Fifi ? Ensuite, nous chanterons, et, tu verras, nous pleurerons tous avant de rentrer chez nous.

Mon père Bertrand est un homme de parole. Tout s'est passé exactement comme il l'avait prédit. Louise s'est placée devant l'arbre aux mouchoirs (mais je ne crois pas qu'elle l'ait fait exprès). Je n'étais pas peu fière de constater que mon coupon tenait aux branches, ce qui ajoutait à l'éclat de la fête. Il faisait à Louise un large écran blanc où se reflétait l'éclat de la lune, ce qui donnait un très bel effet à sa robe noire et ses cheveux gris. Toute droite devant son panneau immaculé, elle nous a tenu un discours si beau et si violent, et sa voix était si prenante et si rauque, que les frissons vous prenaient de la tête pour descendre jusqu'aux pieds (sans compter qu'il régnait toujours un froid de damnés). J'aimais infiniment l'entendre parler car rien n'était faux dans ce qu'elle disait, à mon sens. Et, même sans en comprendre le tout, je devinais que nous avions les mêmes pensées. Moi aussi, je voulais que cesse la misère. Moi aussi, je pensais qu'il nous revenait de faire le travail, à nous qui vivions maintenant sur la terre, et que le plus vite serait le mieux. Nous en avions parlé plus d'une fois avec le père Sarrault, qui m'avait bien enseigné que le ciel appartient aux dieux qui l'habitent, tandis que le monde appartient aux hommes qui le peuplent. Aussi, tandis que cette femme courageuse et instruite parlait à la foule, je parlais, moi, à sainte Rita, que j'honorais dans le secret de mon âme. « Camarade sainte Rita, disais-je, recevez mes remerciements. C'est une grande réussite, et dont le mérite vous revient. Il se trouve désormais que j'ai un père et quelques amis, aussi je vais m'efforcer de ne plus vous solliciter à toute occasion. Ce qui n'empêchera pas la prière, mais enfin, je vous préviens, je ferai plutôt dans l'adoration. Mon tour est venu de m'occuper de vous. »

Louise avait terminé son discours. Quand tous eurent une dernière fois applaudi et crié, elle a entonné une chanson que nous avons reprise en chœur. Qui aurait cru que les émeutiers composaient des chansons aussi tendres ? Celle-là parlait de cerises et d'amour, c'était à se ronger de mélancolie. Par chance, mon père Bertrand a lancé sans attendre un refrain qui sonnait comme un hymne à la guerre, ce qui a rendu du cœur à toute l'assemblée. Les gens sont repartis chez eux joyeux, croyez-moi, et sans faire d'histoires.

– Qu'est-ce que tu racontes, Jeanne ? s'est étonné par la suite mon père Bertrand. Elle n'a pas changé, la Butte. Et ce n'est pas leur grosse verrue de pierre qui réussira à l'écraser. Ou alors, il faudra qu'elle y mette le temps…

Pendant que nous défilions, Eugène s'était prudemment cantonné chez lui. En homme prévoyant, il en avait profité pour remettre en ordre son établissement. À notre retour, et par chance, nous n'étions plus si nombreux, il a offert la tournée générale. Il l'a fait une fois, deux fois, trois fois, et après il a annoncé qu'il allait fermer, il ne faut pas non plus vouloir la mort du commerce.

Mon père Bertrand, Louise et Pierre sont repartis en voiture avec Achille vers le faubourg. Raoul et Charlotte sont allés se recoucher. Pour moi, je n'ai pas demandé mon reste et j'ai filé dans ma réserve. Cette fois, je n'ai pas mis longtemps à m'endormir. Mais, juste avant que je sombre, une pensée m'a traversée.

– Bon sang de bonsoir, ai-je murmuré, qu'est-ce que ça peut bien fabriquer de toute sa sainte journée, une fichue institutrice ?

CHAPITRE DOUZE ET ÉPILOGUE

« Sainte Rita, l'hiver a fini par passer. Comme je vous l'ai promis, je vais vous raconter la fin de l'hiver, puisque nous en arrivons déjà au printemps, et que de nombreux événements se sont déroulés entre-temps.

Quelques jours après la rencontre avec mon père Bertrand, le père Sarrault m'a monté une pochette de bonbons de sucre pour la Noël. Il a bien fait, parce qu'ici personne n'arrive à se souvenir de la Noël. Jésus naît tous les ans, il meurt tous les ans, il monte au ciel tous les ans. On a du mal à suivre. Sans ajouter qu'on ne peut pas passer sa vie à célébrer. J'étais donc bien aise d'apprendre que ce jour était celui de Noël, et de savoir ainsi pourquoi ça carillonnait de partout au matin.

Il a été content d'apprendre que j'avais retrouvé mon père, ce qui montre à quel point il est bon car il aurait pu se montrer jaloux.

– N'es-tu pas un peu chagrin que je me sois trouvé un autre père que toi? lui ai-je demandé avec franchise.

– Fifi, sans vouloir te vexer, je suis épuisé d'être le père de tant de gens. Je commence à me faire vieux. Aussi, s'il se présente des volontaires pour partager le travail, je me trouve soulagé d'autant. J'espère que tu ne m'en veux pas.

– Pas du tout, car nous voilà soulagés tous les deux. Maintenant, il faut que je te confesse une chose. Mon père est un communard, il a été déporté chez les Canaques et il passe son temps en prison, en raison des soulèvements qu'il provoque. Il n'aime que la justice et ne veut entendre parler ni de Dieu, ni de la Vierge Marie, ni de rien qui ressemble de près ou de loin à une église, une nonne ou un curé. Il s'est moqué de ma médaille de sainte Rita. Mais je l'ai remis en place. Je lui ai dit que, s'il voulait garder la fille, il fallait prendre la médaille.

– Garde donc ta médaille, m'a conseillé le père Sarrault. S'il passe sa vie en prison, il ne sera pas toujours là pour y redire. Et puis, si l'on réfléchit bien, que fait-il de si différent de sainte Rita, Bertrand Mauvandier ? Ils ne font jamais que défendre des causes désespérées, tous les deux. Chacun dans sa partie.

– Je crois bien que tu as raison, ai-je été obligée de reconnaître. Mais je préfère ne pas le lui dire car il n'a pas ta souplesse, et qu'il n'apprécie pas tellement la plaisanterie.

– Il faut le comprendre, Séraphine. C'est un homme qui a beaucoup donné, et qui a beaucoup souffert. Les grands saints, figure-toi, ont rarement de joyeux caractères.

– Même saint François d'Assise ?

– Sauf saint François d'Assise, évidemment.

Les semaines ont passé et j'étais toujours à Montmartre quand Jules Sarrault y est remonté, afin de me voir pour affaires. Il n'était pas seul, cette fois. Vêtue d'une simple jupe grise et d'une veste correctement coupée, une grande et belle femme l'accompagnait. Il a poussé la porte du café pour la laisser passer devant lui. Je l'ai trouvé bien courtois et je me suis demandé quelques secondes qui était cette nouvelle amie. Je devais avoir l'air d'une cruche, plantée dans mon tablier, le balai à la main, à les contempler comme une buse, parce qu'ils se sont mis à rire tous les deux, on aurait juré deux gosses ravis de jouer un sale tour. C'est lui qui a fini par m'apostropher.

– Oh ! Fifi ! Ne me dis pas que tu ne te souviens pas !

– Excusez-moi, madame, ou alors camarade, à la fin je ne sais plus, mais non…

Elle n'a pas pris la mouche, elle a souri aimablement.

– La dernière fois que tu m'as vue, j'étais plus maigre, c'est vrai, j'avais les yeux plus brillants et les joues plus rouges…

– Fais un effort, innocente ! a insisté Jules Sarrault. Elle toussait, elle avait peur de mourir, elle piquait des épingles…

Ce sont les épingles qui m'ont fait revenir le souvenir. On n'a pas grandi pour rien dans la couture.

– Félicie ?

Par chance, je me suis mordu les lèvres avant d'ajouter « la Guigneuse », ce qui n'aurait pas fait un accueil très aimable pour une revenante tout juste guérie. Sans compter que la guigne lui avait peut-être passé. Elle portait sur sa figure un air de prospérité de bon augure.

– Oui, Félicie, a confirmé Jules Sarrault. Nous sortons de chez Charlotte, je pense qu'on peut dire « chez Charlotte » maintenant qu'elle vit avec Raoul à demeure. Le petit était très surpris mais pas mécontent de voir sa mère. Pour autant, il n'est pas prêt à quitter ta tante. Il était là, qui balançait entre deux paires de bras, le pauvre, à ne plus savoir auxquels se vouer. Les deux dames ont bon esprit, grâce à Dieu, elles s'arrangeront. Elles s'arrangeront d'autant mieux que Charlotte m'a confié que tu avais une petite proposition à faire à Félicie…

– Moi ? non.

– Décidément, tu as le souvenir paresseux. Tu as dit à Charlotte que tu offrais à Félicie ta place chez Marthe et Eugène…

– Quoi ? J'ai dit ça ? Moi ?

Il n'y avait rien d'autre à faire que d'acquiescer d'un air finaud. Et voilà comment, par les manigances de Charlotte, est venu le jour où j'ai laissé mes deux vieux, leur refilant Félicie, qui était plus robuste que moi, moins fugueuse, et assez aguerrie pour servir en salle. Marthe a eu la larme à l'œil de me voir quitter, et Eugène a bougonné de son mieux. Mais ils avaient beau m'aimer sincèrement, côté travail, ils ne perdaient rien au change et nous le savions tous les quatre, eux, moi, et Félicie.

Je n'ai pas abandonné ma place sans avoir une petite idée de ce qui m'attendait. Si je n'avais pas revu camarade Louise depuis le soir mémorable du défilé de la Butte, je m'étais gardée d'oublier la promesse que lui avait faite mon père Bertrand: il avait juré de me faire institutrice, pour mon avantage et contre la sauvagerie.

– Au moins, a-t-il remarqué quand je le lui ai rappelé, tu as de la mémoire.

– Je n'en ai pas eu pendant longtemps, c'est pourquoi j'y fais très attention. Si je quitte Eugène, il faudra que tu me loges.

Le pinceau à la main, il passait au vernis les montants d'un fauteuil. On voyait la cour, par la baie de l'atelier. Sur les branches de l'arbre, de petits bourgeons commençaient à grossir. L'air était transparent comme une eau et de petits oiseaux ébouriffés pépiaient sur les rameaux. Tout cela sentait le printemps, ce qui m'aurait rendue bien aise si l'odeur âcre du vernis ne m'avait piqué les yeux et le nez.

– Pierre! a-t-il appelé sans interrompre sa tâche. C'est-il possible de faire une chambre pour la petite dans un coin de l'atelier?

– Si elle ne craint pas la sciure, on trouvera toujours à la faire dormir.

– Mais alors, ai-je demandé, car je venais seulement de réaliser ce que j'étais en train de faire, je vais devoir quitter Montmartre?

– Ah ça! Si tu habites le Faubourg, je ne vois pas comment tu pourras vivre à Montmartre!

Cette fois, il a levé le pinceau, l'a déposé sur le pot. Puis il a croisé les bras pour mieux me regarder.

– Ne me dis pas que tu pleures! Pas toi! Pas ma fille! Et tout ça pourquoi? Parce que tu passes de la Butte au Faubourg? Pour quatre pauvres kilomètres?

Qu'est-ce que tu dirais, couarde, si tu embarquais pour la Calédonie !

Le problème avec mon père Bertrand, c'est qu'il ne laisse aucune place à l'attendrissement. L'intérêt, c'est qu'on passe ainsi très peu de temps à se lamenter. J'ai donc ravalé mes larmes, et j'ai quitté la Butte quelques jours plus tard, mes affaires dans un ballot, le cœur gros et l'œil à sec.

Comme il faut que je prépare l'examen qui me fera entrer à l'école d'institutrice, les camarades me font travailler. Bertrand a demandé à Louise qui a demandé à d'autres. Et de fil en aiguille, il s'en est trouvé pour m'enseigner à longueur de journée. Je cours d'Ernest, qui m'apprend la mathématique, à Eugénie, qui m'apprend l'histoire, puis à Alphonse qui me fait les rudiments du latin. Personne ne sait à Paris que le latin existe, et pourtant si. On peut même l'apprendre. Je serai savante à l'été. Sainte Rita, ce n'est pas pour vous désobliger, mais les camarades sont très bons, et très efficaces. Pas besoin de les prier, il suffit de leur demander. Les camarades sont toujours prêts à s'aider entre eux, quand c'est pour le progrès. Par chance, j'ai une tête de progrès, et l'amitié de Louise par-dessus le marché. Tout cela tombe parfaitement bien, puisque justement j'ai fait serment de ne plus vous solliciter.

J'ai vécu des jours très beaux et très mouvementés, mais le meilleur reste à venir. Sainte Rita, écoutez ça et réjouissez-vous. Je ne sais à qui en est venue l'idée. Mais je soupçonne Charlotte, qui aime à faire des surprises et à rassembler son monde. L'affaire a commencé un dimanche matin. Je sais qu'il s'agissait d'un dimanche car Pierre et Bertrand ont maudit les curés dès le lever du jour, ce qu'ils font tous les dimanches, sans jamais y manquer, pendant que les cagots sont à la messe. Ils disaient donc pis que pendre du pape, de ses sbires et de ses suppôts, quand j'ai eu l'étonnement de les voir chercher leurs vestes et me tendre la mienne.

– Dépêche-toi, m'a dit mon père Bertrand, nous avons à faire.

J'étais fort étonnée de les voir négliger leur travail. Ils ne laissent pas passer un jour sans travailler, sauf à l'occasion le mardi. Pourquoi le mardi ? Parce qu'aucune religion ne chôme le mardi. « Nous sommes des hommes libres, déclare mon père, nous proclamons le repos du mardi. » Les anarchistes ne veulent rien faire comme les autres, ce qui est souvent distrayant mais parfois fatigant. Bref, nous étions dimanche, un franc soleil dégringolait dans les passages, et nous allions tous les trois d'un bon pas vers la Bastille. Je n'osais poser aucune question, de peur de dire une bêtise.

Au bord de la rue de la Roquette, j'ai reconnu une voiture à l'arrêt, les portières ouvertes. Deux paires de jambes, que terminaient de belles bottines vernies, pendaient à l'extérieur.

– Là-bas ! ai-je crié. Regardez ! La voiture de Jacques !

– Est-elle bécasse, celle-là ! s'est moqué Pierre. Bien sûr que c'est la voiture de Jacques, puisqu'il nous attend, le Jacques...

Il nous guettait même. Nous étions encore à vingt pas qu'il a sauté dans la rue pour courir vers nous. Jean Martin l'attendait, debout à côté du cocher Joseph. Il portait pour le dimanche un joli chapeau à petits bords qui lui allait au moins aussi bien que la casquette. J'ai cherché Achille des yeux.

– Qu'est-ce que tu attends pour monter? m'a demandé Jean Martin.

– Achille n'est pas là?

Jacques a eu une petite grimace.

– Il aurait bien aimé, mais il est retenu. Sa petite sœur quitte sa famille ce soir pour partir étudier. Il tenait à passer la journée avec elle. Mais tiens, tu fais bien de me parler de lui. Il m'a donné quelque chose pour toi. Un livre. Il paraît que tu es au courant.

– Je sais! Ce sont des histoires!

– Certainement. Il doit y en avoir un bon paquet, ce volume pèse des tonnes.

– Je veux bien vous croire. Parce qu'ils sont nombreux, les Misérables!

– Allons-y, maintenant. Si nous voulons être à l'heure, il n'y a pas de temps à perdre!

Et nous voilà tous les cinq dans la voiture, moi pour la troisième fois de ma vie, mon livre emballé sur les genoux, collée à la fenêtre pour voir Paris dans la clarté du jour. Aucun de ces messieurs ne parlait. On les aurait crus assis sur leurs paroles, et tenus au silence.

– Est-ce que nous allons loin? ai-je fini par demander.

– Non. À Saint-Lazare.

– À Saint-Lazare ?

Comme nous étions dimanche, je n'ai pas posé d'autres questions. Si je prononçais le nom du père Sarrault, ou si je parlais de l'hospice, je savais à quoi m'attendre : à une bordée de jurons et de blasphèmes qui me font toujours un peu de peine, même s'ils ne me troublent plus depuis longtemps. J'ai donc trouvé une ruse pour en savoir un peu plus.

– Nous allons à la prison ?

Les quatre hommes m'ont regardée, interloqués.

– Pourquoi la prison, malheureuse ? m'a demandé Jean Martin.

– À cause de mon père, qui a ses habitudes...

– Ne savez-vous pas, mademoiselle l'écolière, que nous avons aussi une gare, à Saint-Lazare ?

– Une gare ? Vous voulez dire un train ?

– Parfaitement, un train. Nous parlons d'une gare, Fifi, pas d'un relais de poste.

Je n'en croyais pas mes oreilles. Pour le coup, j'avais complètement cessé de regarder Paris, qui de toute façon ne me disait rien, étant construit de rues, de places, de maisons et d'immeubles qui finissaient par se ressembler partout.

– Allons-nous prendre le train ? ai-je demandé d'une voix blanche.

– Alors ça, ma petite fille, a souri mon père, tu verras bien car c'est une surprise.

La surprise, elle s'est faite en plusieurs fois, comme un pétard de fête qui n'en finit plus d'exploser. La première a été d'entrer sous la voûte de verre, d'avancer parmi la foule qui se pressait de tous côtés. Elle était tellement belle cette gare, qu'on aurait juré une église. Une cathédrale. Une basilique. Qu'avaient-ils besoin de construire un Sacré-Cœur en haut de la Butte, alors qu'en bas nous avions déjà une gare?

Jacques avait pris la tête de notre petite troupe et se hâtait. Il se retournait de temps à autre pour s'assurer qu'aucun d'entre nous ne s'était égaré, ce qui aurait très bien pu se produire compte tenu de mon ravissement. Il courait quand soudain, on l'a appelé.

– Ici! Jacques!

Il s'est arrêté net et il a regardé autour de lui, comme un chien à l'affût.

– Charlotte!

Elle allait vers lui, son chapeau dodelinant sur la tête, dans une robe à fleurs dont la jupe tourbillonnait et qui n'aurait pas déparé sur une reine.

– Séraphine! a crié Charlotte.

– Séraphine! a crié Jeanne.

– Séraphine! a crié Félicie.

– Pafine! a crié Mistigri.

– Fifi! a dit Jules Sarrault en agitant la main.

Et derrière eux a souri Raoul, qui portait sur le dos un long paquet enveloppé dans de la toile de jute, et qui semblait peser l'enfer.

– Et maintenant, au trot! a fait Jacques. Ou le train va partir sans nous!

Nous avons couru tous ensemble le long du quai. Un bruit terrible avait commencé à sortir de la tête de la machine, une fumée noire s'élevait au-dessus d'elle. Devant nous, une foule de gens qui portaient des paniers s'engouffrait dans les voitures. Nous nous sommes hissés dans l'une d'elles et Jacques nous a conduits jusqu'au compartiment.

– Et alors, ma Fifi, tu n'es pas contente ? m'a gentiment demandé Charlotte.

J'avais affreusement chaud et je sentais mes joues brûler. Je suis restée coite et j'ai baissé le nez.

– C'est la surprise, a constaté Jeanne qui était assise en face de moi. Je la connais. Elle n'a pas un fort tempérament. Elle supporte mal les émotions.

– Laissons-lui le temps de se reprendre, a conseillé Jules Sarrault en ramenant autour de ses jambes les plis de sa soutane. Où descendrons-nous, messieurs ?

– À Argenteuil, a répondu Jean Martin. Je connais un caboulot construit sur la rive de la Seine, au milieu des maraîchages. Je pourrais y boire un bock, et ces dames, des citronnades. Sans compter qu'on peut y manger aussi, qu'on y danse en après-midi, que les amateurs peuvent canoter. Et que si les maraîchers ne se sont pas mis en tête de fumer leurs salades, on respire un très bon air.

– Jean est un garçon parfait, a constaté Jacques avec une fierté satisfaite. Il fréquente des endroits charmants et ne rechigne pas à en faire profiter ses amis.

Le train allait fumant et ronronnant à travers une petite campagne fort cultivée et l'assemblée bavardait aimablement. La chaleur refluait de ma figure. Je gardais néanmoins l'impression peu plaisante d'évoluer dans un rêve. Rien ne se passait comme dans le monde réel. Des gens se parlaient qui n'auraient jamais dû se rencontrer. Mon père l'anarchiste voisinait avec mon curé. Ma tante courtisane, avec mon compère aristocrate. Ma patronne intraitable, avec Félicie la Guigneuse. On ne savait que trop bien, à voir son allure, que Jacques était de la haute. Et malheureusement, on était bien convaincu, à regarder mon père, qu'il venait d'en bas. Ce n'était pas tant leurs visages qui s'opposaient, car l'un était fort jeune, et l'autre déjà vieux. Tout était dans leur vêtement, et dans la manière de le porter.

– Bon sang de bois, ai-je murmuré à l'oreille de Raoul qui était avantageusement assis à ma droite. Qu'est-ce qui se passe ?

– Je n'ai pas très bien compris, a soupiré Raoul qui est assez benêt pour répondre honnêtement aux questions qu'on lui pose. Il semble que tout le monde ait décidé de passer la journée en compagnie. Ne me demande pas pourquoi, je crois que c'est une question d'amitié.

– Mais regarde-les ! Tu les vois bien qu'ils ne sont pas amis...

– D'amitié pour toi, Fifi. Ils se font amis par amitié pour toi, ce n'est pourtant pas difficile à saisir !

– Assez de cachotteries, a dit Lolotte qui ne quitte jamais très longtemps des yeux son Raoul. Jeanne a quelque chose pour toi, Fifi.

Jeanne a sorti son sac de sous ses jambes où elle l'avait rangé. Elle l'a ouvert avec précaution. Chacun observait ses gestes dans un silence respectueux. Elle en a tiré un paquet enveloppé de papier gris. Et me l'a tendu. Sainte Rita, sur ma tête, je vous le jure, c'était une robe ! Une robe de coton piqué blanc, nouée dans le dos par de petits boutons de nacre, décolletée devant comme pour une demoiselle, et dont les manches s'évasaient au coude pour se refermer sur le poignet.

– La soie, a commenté Charlotte, était exagérée…

– Je ne te le fais pas dire, a confirmé Jeanne. La soie était ridicule. Le coton piqué est beaucoup plus adapté. Et regarde, Fifi, elle est ajourée partout où il faut.

– Co… Comment… ai-je bredouillé.

– Charlotte m'a trouvé l'étoffe, a continué Jeanne. Et Eugénie Sponze m'a fourni les mesures. Tu te souviens d'Eugénie, et de cette robe bleue que tu as essayée pour le compte de sa petite cliente ? Ce sont les mêmes.

– Tu la passeras derrière un buisson, a fait Charlotte. Je t'aiderai à la boutonner. Et il se trouvera bien un de ces messieurs pour te faire danser, n'est-ce pas ?

– Pour ça, je danserai avec plaisir, a dit Jean Martin. La danse, ça me connaît. Si je pouvais, je passerais ma vie à valser.

Nous avons marché de la gare à la Seine, le soleil chauffait franchement, tout le monde commençait à se sentir en appétit. Un air frais délicieux coulait sur nos épaules. J'avais pris le parti de ne plus m'étonner de rien quand j'ai vu, à l'entrée de la gargote, Marthe et Eugène qui nous attendaient, assis sagement sur un banc. Ils étaient arrivés par le train du matin, profitant de leur liberté pour faire le tour de l'endroit.

À peine étions-nous assis autour d'une grande table de planches clouées qu'Eugène a expliqué à Jules

Sarrault qu'il cherchait un bout de terrain dans la région, pour y faire construire une petite maison.

– Je ne vais pas mourir dans le café, disait-il. Quand il a travaillé toute sa vie, l'homme qui se fait vieux souhaite se retirer. Marthe et moi, on laisse l'affaire. Félicie la reprendra, contre une petite pension. N'est-ce pas, ma Félicie ?

– Encore faut-il avoir amassé, a dit mon père d'un ton accusateur. Ce sont les commerçants qui mettent de côté, pas les ouvriers qui crèvent à la fabrique...

Jeanne hochait la tête avec détermination.

– Tous les camarades sont les bienvenus, a déclaré Marthe d'une voix ferme et sans regarder Eugène. Toi, Bertrand, quand tu auras des ennuis, tu sauras où trouver refuge.

– C'est bon, a dit mon père. Je me le tiens pour dit. Le jour où j'ai la maréchaussée aux fesses, tu peux garder ma soupe au chaud. Je rapplique. Mais on ne va pas parler de politique toute la journée, on finirait par se fâcher.

Il a levé son verre et on a entendu, jusqu'à Paris, Marthe soupirer de soulagement.

Sitôt que nous avons eu fini de manger la friture, Lolotte m'a emmenée passer ma robe dans le creux d'une haie. Quand tous les boutons ont été boutonnés, j'ai baissé le menton pour la voir tomber. Bon sang, elle tombait sans un pli.

– Dommage qu'il n'y ait pas de miroir, dans le coin, a regretté Lolotte. On la dirait cousue sur toi.

J'ai compté les heures de travail qu'il avait fallu pour monter et finir une si belle pièce. Je sais moi, ce qu'il en coûte de porter un vêtement. Quand j'ai eu terminé mon compte, j'ai couru jusqu'à Jeanne, je me suis jetée sur elle et je l'ai embrassée jusqu'à ce qu'elle en étouffe. Elle a eu beau essayer de me repousser en jurant, je me suis accrochée à elle sans cesser de l'embrasser. La scène a tant plu à Mistigri, et il en a tant ri, qu'il a avalé un croûton de travers et qu'il a fallu le faire cracher.

Plus tard, Raoul a ouvert son paquet enveloppé de jute. Il en a sorti son chevalet, une boîte de pinceaux, de chiffons et de pots de couleurs empaquetés dans le papier du magasin. Pierre s'est bien moqué de lui.

– On me l'avait dit, que les peintres ne fabriquaient plus leurs couleurs ! Vous les achetez toutes faites, maintenant... On n'arrête pas le progrès.

Raoul était assez fier d'être remarqué jusqu'à ce qu'il comprenne que Pierre le brocardait comme un fainéant incapable de mélanger sa peinture lui-même. Il s'est mis à bouder. Il s'est éloigné avec son chevalet qu'il a dressé face à la rivière, et s'est mis à peindre les arbres. Ainsi, il ne nous voyait plus. De notre côté, nous étions très contents qu'il ne soit pas trop près de nous. Les curieux se sont agglutinés autour de lui, ce qui nous aurait causé une grande honte. C'est qu'il faut avoir le goût original pour peindre n'importe où. Tout le monde sait que les peintres œuvrent dans leurs grands ateliers, et non dans n'importe quel endroit vulgaire, dans les rues comme des cantonniers, ou dans les champs comme des maraîchers.

– Ne vous occupez pas de lui, a dit Lolotte. Il a ses lubies. Laissez-le barbouiller.

Elle a proposé que nous allions danser. Pierre a entraîné Félicie, qu'il ne quittait pas des yeux depuis que nous étions arrivés. Lolotte a tiré mon père par le bras jusqu'à ce qu'il soit obligé de se lever et de la suivre. Marthe a voulu inviter Eugène mais il ne s'est pas laissé faire.

– Tu me pardonneras, m'a dit Jules Sarrault avec un clin d'œil. Je ne peux pas t'inviter. Je surveille le petit Jules.

Je ne me voyais pas, de toute façon, tourner dans ma robe blanche dans les bras d'un curé en robe noire. Jean s'est levé, m'a prise par la main et nous sommes allés sur le plancher de bois. Il n'était pas très difficile d'apprendre à valser. La main de Jean, posée bien ouverte sur ma taille, me guidait. Les pans blancs de ma robe tournoyaient autour de mes chevilles. Aux tables comme parmi les danseurs, tout le monde nous admirait.

La tête me tournait, à la fin. Jean m'a ramenée à la table où l'attendait Jacques. Je les ai laissés bavarder tous les deux car ils ont toujours quelque chose à se dire, et je suis allée m'allonger plus loin, dans l'herbe douce, sous un arbre. Le soleil jouait dans la frondaison, j'entendais le jeune Jules babiller avec le vieux, des éclats de valse m'arrivaient de l'orchestre. J'ai fermé les yeux, et je vous ai vue, sainte Rita, aussi sûrement que je vous parle maintenant. Votre visage était penché sur moi, comme celui d'une mère. Je voyais très bien l'épine plantée au milieu de votre front, mais vous n'aviez pas l'air d'en souffrir. J'ai été très heureuse de savoir que vous logiez derrière mes yeux fermés, et non dans les nuages où je ne vous vois jamais. Ainsi, vous dedans, moi dehors, nous irons ensemble et il sera bien difficile de nous séparer. »

Du même auteur à *l'école des loisirs*

Collection Neuf

Élie et Sam

Et Dieu dans tout ça ?

La prédiction de Nadia

Le monde de Joseph

Tu seras un homme, mon neveu

Une vague d'amour sur un lac d'amitié

Verte

Pome

Collection Médium

J'envie ceux qui sont dans ton cœur

Satin grenadine

Jamais contente (Le journal d'Aurore 1)

Toujours fâchée (Le journal d'Aurore 2)

Rien ne va plus (Le journal d'Aurore 3)

Les yeux d'or

BIENVENUE À...

Londres !

Ville sans réel centre, si grande et si décousue, à la pointe de l'avant-garde et pourtant si traditionnelle... Comment Londres pourrait-elle être une capitale comme les autres ? Née double, autour de la City, siège du pouvoir politique, et de Westminster, siège du pouvoir religieux, inséparable de sa Tamise, sur les rives de laquelle veille la légendaire Tour, il lui fallut annexer de multiples villages pour s'unifier et s'étendre.

De là, sans doute, cette prédilection urbaine à prendre autant ses aises, cet amour pour les *greens*, jardins de charme ou immenses poumons verts, où l'on trottine à cheval, et où l'on écoute du Shakespeare sous les arbres. De là aussi ce puzzle de quartiers aux identités fortes, aux populations cosmopolites, solennels ou bouillonnants : Saint James's et ses institutions, avec ses prestigieux musées de peinture, le West End et ses music-halls, où règne la fêtarde Soho ; Chelsea et ses demeures d'écrivains, non loin du fantasque Notting Hill ; et ces anciens faubourgs devenus des fiefs de la branchitude, tels qu'Islington ou Camden, l'East End, et les bords de la Tamise, reconvertis en laboratoire de l'art moderne.

Londres affectionne ses usages hors du temps, hommes de loi en perruque, protocole royal, uniformes pour enfants chez Harrods ou pubs sans âge. Mais Londres, c'est aussi une mode, une scène ou un genre toujours en avance sur le continent, à capter sur un marché de fripes, devant une vitrine de créateur, dans un bar à concerts, ou sur le dance-floor vibrant d'un night-club... Avec Cartoville, la ville s'ouvre à vous !

Bienvenue à Londres !

- **A** Westminster / Whitehall
- **B** Covent Garden / Soho / Bloomsbury
- **C** City / St Paul's / Shoreditch / Clerkenwell
- **D** Islington / King's Cross / Camden / Hampstead
- **E** Mayfair / Marylebone
- **F** Kensington / Notting Hill
- **G** Chelsea / South Kensington / Belgravia
- **H** South Bank / Waterloo
- **I** Southwark / Tower Bridge
- **J** Docklands / Greenwich / East End

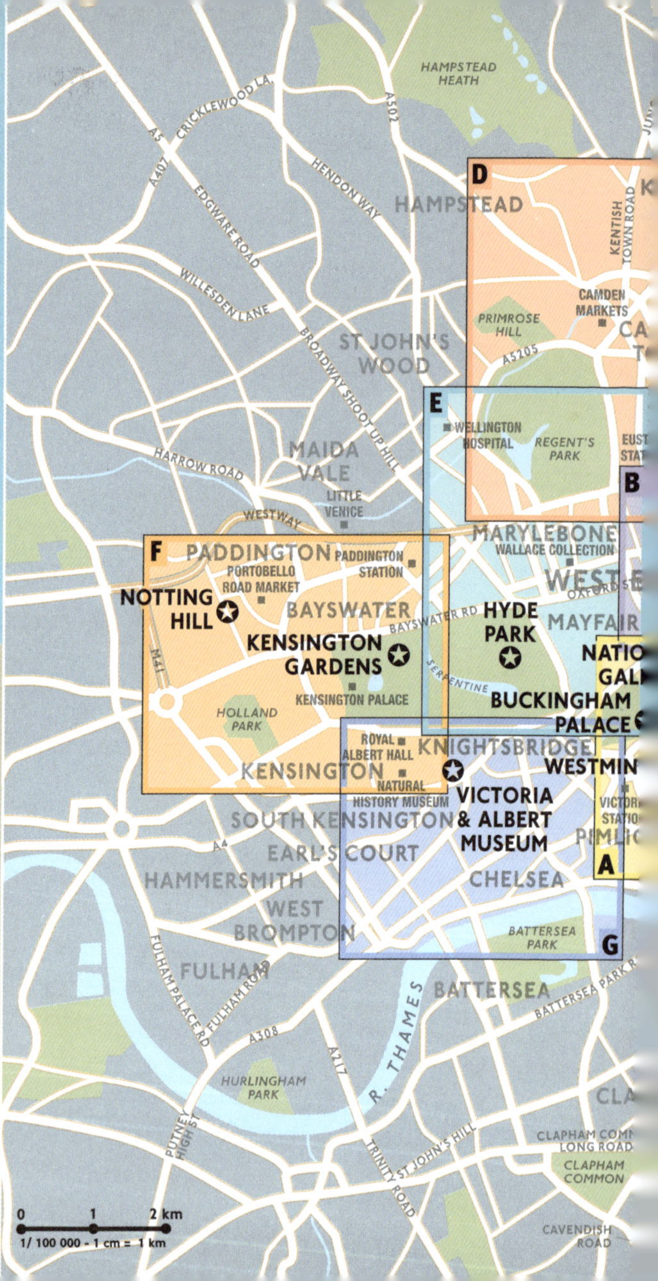